MEMOIRE

POUR le sieur DAGE, Curé de Villeneuve sur Belot, Intimé.

CONTRE JOSEPH-JEAN-FRANÇOIS-ELIE LEVI, *Appellant comme d'abus, de deux Sentences de l'Officialité de Soissons.*

JAMAIS peut-être cause ne présenta à la Cour des intérêts plus essentiels. La Religion désavoue la conduite de Lévi comme opposée à son esprit & à ses maximes. La Piété est allarmée de sa demande par la crainte des dangereuses conséquences que la facilité à l'admettre pourroient produire dans l'esprit & le cœur des foibles. Sa propre Nation est attentive à l'Arrêt que la Cour se déterminera à rendre, comme devant porter le calme & la tranquillité, ou être une semence de troubles & de discordes dans leurs familles. Enfin l'Etat François y est singulierement intéressé, cet Arrêt pouvant occasionner à des Infideles mécontens de leur femme le moyen de secouer, à l'aide d'une conversion simulée, le joug des alliances dont ils voudroient rompre les nœuds, & d'instituer, au milieu de nous, des familles qui, dans ce cas, en pourroient devenir l'opprobre & le scandale.

Mais plus les intérêts que présente cette cause sont grands

A

(4)

& dignes d'attention, moins il y a lieu de craindre que la Cour se détermine aisément en faveur de Levi.

F A I T.

Levi flatté par l'espérance de réussir à contracter une alliance qu'il médite au mépris de celle qui le tient uni à une épouse légitime, se présente au sieur Dage, Curé de la Paroisse de Villeneuve sur Belot, & lui demande de publier les bans de son mariage.

Le sieur Dage, outre le défaut de domicile, est frappé de la difficulté qui se trouve dans le cas d'un homme qui, lié à une épouse, prétend en épouser une autre ; il s'adresse à son Evêque, &, par son avis, refuse une bénédiction que des principes de tout genre ne lui permettent pas d'accorder.

Levi dirige une demande à l'Officialité afin d'obtenir qu'il soit ordonné au sieur Dage de lui accorder la publication de bans & la bénédiction nuptiale. La Sentence de l'Official le déboute & confirme le refus. Levi se pourvoit en la Cour contre cette Sentence par la voie d'appel comme d'abus ; il prétend la faire déclarer abusive, & intime sur son appel le sieur Dage.

Pour y parvenir, il invoque les sentimens de Scholastiques & de nouveaux Auteurs qu'il oppose comme une autorité capable de former son moyen d'abus. Mais les moyens les plus puissans & les plus décisifs mettent la Sentence à couvert de ses attaques.

L'Ecriture sainte, la Loi naturelle, l'indissolubilité des mariages, tout se réunit pour la défense de cette Sentence, & lui sert de rempart. M. L'Evêque de Soissons également Intimé, sur l'appel de la Sentence de son Official, a établi cette vérité dans les premieres plaidoiries de la cause ; d'ailleurs le sens même, la texture du texte de l'Apôtre, à l'occasion duquel les nouveaux Auteurs ont débité le systême dont Levi s'est paré à l'Audience, auroient suffi seuls pour renverser tous ces commentaires. M. l'Evêque de Soissons a étayé cette premiere observation de quelques autorités des Peres témoins de la tradition seule interprete de l'Ecriture sainte. Mais comme cette cause présente une étendue très-considérable, & qu'il étoit question, pour ne pas tomber dans des redites, de partager sa défense avec le sieur Dage dont les moyens font les mêmes, il a laiffé à ce dernir le foin d'infifter fur ceux qui naiffent du concert de principes des PP. fur ce point. L'objet eft des plus importans. Auffi le Sieur Dage s'y appliquera-t-il avec tout le foin qu'il mérite, en fe refferrant cependant dans les bornes les plus étroites que l'importance de la matiere lui permettra d'y appofer. Il joindra à cette premiere défenfe quelques obfervations néceffaires que l'étendue de la défenfe de M. de Soiffons ne lui a pas permis d'embraffer.

M O Y E N.

Le fieur Dage renfermera toute fa défenfe en un feul Moyen qu'il divifera en deux parties ou propofitions.

1°. Quand le grand nombre des Scholaftiques dont Levi invoque le fuffrage en faveur du fentiment qu'il attribue à S. Paul dans le Chap. 7 de fa premiere Epitre aux Corinthiens, pourroit élever quelque doute fur le fens de cet Apôtre, l'Official & le fieur Dage ont pris le parti feul fûr, un parti inattaquable, celui d'embraffer le fentiment des Peres, de fe conformer à l'efprit de l'Eglife & aux maximes du Royaume. Premiere Propofition.

2°. L'idée que le mariage puiffe être diffous dans le cas dont il s'agit ici a été accréditée par Gratien, & n'a d'autorité que dans les Scholaftiques oppofés en ce point à la doctrine des Peres de l'Eglife & à nos maximes. Seconde propofition.

PREMIERE PROPOSITION.

Il eft certain que l'indiffolubilité du mariage eft en foi une vérité inconteftable. Levi lui rend hommage lui-méme, & en convient quand il s'agit de tout mariage contracté dans l'Eglife, & fçellé du fceau du Sacrement. Mais pour fe frayer une voie au fentiment qu'il veut établir, il regarde comme fragile & moins folide tout mariage qui n'a pas l'avantage d'avoir été béni par le Prêtre. Le fieur Dage ne s'attachera pas à renverfer cette idée à laquelle il pourroit oppofer le fuffrage de l'Ecriture & des Peres. M. l'Evêque de Soiffons a établi que tout mariage contracté felon les loix de l'Etat où demeurent les conjoints, eft valide & indiffoluble. Le fieur

4

Dage s'en tiendra à rappeller ce que dit, à cet égard, faint

Augustin, que de son temps l'on n'admettoit point au Bap-

S. Aug. de fide & operibus, n. 2. & de adulterinis cō- jug. liv. 2. n. 17.

Augustin, que de son temps l'on n'admettoit point au Baptême ceux d'entre les Infideles qui, pendant leur infidélité, avoient épousé une seconde femme après avoir fait divorce avec la premiere, s'ils ne promettoient de rompre cette seconde alliance, parce que le Seigneur atteste, sans aucun doute, que ces seconds mariages ne sont pas des mariages, mais des adulteres : *quia hæc, non conjugia, sed adulteria esse Dominus Christus sine ullâ dubitatione testatur.* C'est aussi ce qu'avoit enseigné Tertullien, & ce qu'on trouve dans S. Chrysostome. Or supposant toutes ces vérités établies, le sieur Dage dit d'abord : il est certain que tout mariage contracté selon les loix de l'Etat, où vivent les Parties, est indissoluble, il en est de même par conséquent du mariage contracté dans les Etats chrétiens où les Princes requierent la nécessité du Sacrement pour sa validité entre leurs sujets. Mais quand des personnes unies par un mariage légitime entrent dans l'Eglise, leur mariage n'en est pas moins indissoluble pour avoir été contracté dans l'infidélité. Toute l'Ecriture, toute la Tradition concordent sur ce point : il n'y a de difficulté que sur l'intelligence d'un passage du chap. 7. de la premiere Epitre aux Corinthiens. Il s'agit de sçavoir si S. Paul, ayant dit que, si de deux Infideles l'un se convertit laissant l'autre dans l'infidélité, & que ce dernier ne veuille pas cohabiter, le conjoint fidele n'est plus tenu à la servitude dans ce cas : *Non enim servituti subjectus est frater aut soror in hujusmodi,* il a entendu dire qu'il n'est plus tenu de cohabiter, ou s'il a voulu dire que le lien est rompu.

S'il y avoit une décision de l'Eglise sur cette question, il n'y auroit point de partage, & on ne verroit pas actuellement les Scholastiques & les Peres divisés entr'eux sur le sens de ces paroles. L'autorité de l'Eglise auroit subjugué les esprits & condamné celui qui s'écarteroit de sa doctrine.

Mais il n'y a pas de décision de l'Eglise sur ce point. Il est donc ici question de découvrir son esprit, de prendre un parti sûr & le moins sujet à inconvénient. C'est la route que les Loix Canoniques elles-mêmes nous indiquent. Or il n'y en a pas d'autre que celle de rechercher ce que les Peres en ont pensé.

Premiers témoins de la tradition, Successeurs plus immédiats des Apôtres qui la leur avoient transmise, les Peres connoiſſoient mieux le ſens de l'Ecriture ſainte ; ils diſcernoient avec une lumiere ſupérieure, entre les Doctrines, celle de la tradition que pluſieurs d'entr'eux avoient puiſé dans la ſource en la recevant des Apôtres eux-mêmes. Auſſi eſt-ce ſur leurs ſuffrages réunis & unanimes que l'Egliſe étaie ſes déciſions , quand elle veut proſcrire l'erreur & établir ſa Doctrine.

Et en effet la tradition eſt la gardienne & l'interprete des Ecritures dont le ſens ne peut être abandonné à une interprétation particuliere. Elle ſeule en a la clef , & c'eſt par elle ſeule qu'on peut en connoître le vrai ſens, comme l'ont obſervé les Boſſuet, les Arnaud, les Nicole, les Veron, & tant d'autres qui ont pourſuivi les Proteſtans ſur ce point.

De ces principes il s'enſuit par conſéquence que c'eſt au ſentiment des Peres qu'on doit remonter pour juger de celui des Scholaſtiques ſur les points non décidés , ces derniers ne pouvant jamais former , quand ils ſont ſeuls, qu'un ſentiment d'école.

Convaincus de la ſolidité de ces principes, le ſieur Dage les préſente à ſon Evêque comme une digue qui l'arrête. Ce Prélat, diſtingué par ſes lumieres, ſes talens & ſon zele, examine de nouveau la queſtion ; & pénétrant à travers les nuages que les Scholaſtiques ont répandu ſur cette matiere, il apperçoit la plus reſpectable, la plus ſaine partie de la tradition, les Peres décidés pour l'indiſſolubilité du mariage dans le cas où ſe trouve Levi. Il fait plus, il veut s'aſſurer ſi les maximes de France ſont d'accord avec ces principes, & pour cela s'adreſſe à un Magiſtrat qui étoit univerſellement connu par ſes grandes lumieres & ſa prudence. Des-lors déterminé par l'autorité de la tradition & par l'eſprit de nos maximes qui ſe trouvent d'accord, il ſaiſit la regle, il l'embraſſe ; & ſemblable aux SS. Docteurs, dont il a découvert les ſentimens, il n'oppoſe que ſa fermeté à l'opiniâtreté du Néophite qui veut apporter une exception, que la tradition méconnoît, au principe général de l'indiſſolubilité du mariage que lui-même ne peut déſavouer.

Feu M. Joli de Fleuri, ancien Procureur Général.

Quel abus peut-il y avoir dans une telle déciſion & dans la Sentence de l'Official guidée par une ſi grande lumiere ? D'un côté, le Prélat apperçoit un ſentiment nouveau, à la vérité fort répandu ; de l'autre, la tradition jointe à l'Ecriture qui la proſcrit. D'une part il entend un Néophite qui ,

armé du Sentiment de Scholaftiques, demande à un de fes
Curés de faire breche à une regle qui n'en fouffre aucune ;
de l'autre, non-feulement il eft frappé du poids de l'autorité
qu'il faudroit que le Curé méconnû: pour accorder la demande, mais même des inconvéniens affreux qui s'enfui-
vroient de fa facilité à l'admettre. Il y a plus, quand il con-
fidere l'efpece particuliere du cas de l'Appellant, il la trouve
fi défavorable que les Scholaftiques dont ce dernier revendique le fuffrage ne décideroient pas eux-mêmes en fa faveur. (Le fieur Dage fera fur ce dernier objet des obfervations également décifives.)

En vain le Néophite gémit-il de fon état en fa préfence:
en vain lui obferve t-il que garder la continence eft une entreprife fupérieure à fes forces : animé de l'efprit des Apôtres &
des SS. Docteurs dont il eft le digne Succeffeur, il ne fçait
faire courber la regle pour fe rendre docile à de pareilles
plaintes. Quel parti plus fage, & en pouvoit-il prendre un
autre fans prévariquer contre une confcience éclairée? Mais
ce qui fait l'éloge du Prélat, par l'avis duquel a été rendue
la Sentence contre laquelle Levi s'éleve, renferme l'apo-
logie la plus complette du Sieur Dage & de la Sentence
de l'Official. Y auroit-il abus dans le refus de l'Intimé, & dans cette Sentence, quand ils n'auroient d'autre
avantage que d'avoir tenu une conduite dictée par la plus
refpectable & la plus faine partie de la tradition, par le
fentiment des Peres des dix premiers fiecles? Y a-t-il abus
dans une conduite décidée par le jugement d'un Prélat des
plus éclairés, confulté fur le fort d'un Néophite à qui il ne refufe d'accorder l'objet de fa demande qu'en lui préfentant
l'autorité de la tradition, la Doctrine de l'Eglife, l'efprit de
nos maximes, qui l'arrêtent ? Non fans doute. S'il y a une
queftion, ce n'eft que celle de fait qui confifte à connoître
ce que les Peres ont enfeigné à cet égard.

Ainfi, les Peres ont-ils trouvé une exception au principe
de l'indiffolubilité du mariage ? le cas dont il eft queftion
dans S. Paul donne-t-il lieu à la diffolution du mariage ?
tels font les deux points fur lefquels il s'agit d'examiner la
Doctrine des dix premiers fiecles.

Il eft étonnant qu'un fi grand nombre de nouveaux Auteurs fe foient laiffés entraîner par l'erreur de Gratien pour
le fentiment que combat le fieur Dage. Il fuffifoit de jet-

ter les yeux fur les Peres, pour ne pas tomber dans le piege qu'a occafionné l'ignorance de ce collecteur.

On imagineroit à peine avec quelle force ils ont établi l'indiffolubilité du mariage : ils ne l'ont pas envifagé comme une de ces vérités moralement certaines qui font fufceptibles d'exceptions. C'eft l'idée qu'on a voulu donner de leurs principes, mais idée fauffe & démentie par la lecture de leurs ouvrages.

Le mariage eft indiffoluble de fa nature. L'indiffolubilité eft un caractere qui en eft une fuite ; ainfi l'Hérétique, le Schifmatique, le Juif, le Payen, en un mot tout homme, qui a contracté mariage, eft lié par la loi de fon contrat. Il eft vrai de dire des deux Conjoints ce que S. Paul dit de la femme : *Mulier, vivente viro, alligata eft legi*. Voilà la maxime applicable à tous les temps, à tous les lieux, à toutes les perfonnes de quelque religion qu'elles foient. Cette idée fe tire nonfeulement du corps de doctrine qu'on trouve dans l'Écriture-Sainte fur ce point. Les Peres la trouvent également dans l'inftitution du mariage, dans la fin que Dieu s'eft propofée en l'établiffant, dans les inconvéniens qui naiffent du divorce. Par-tout ils y découvrent le mariage indiffoluble. Il n'y a qu'une feule queftion fur laquelle les Peres aient fixé leurs vues. Y a-t-il mariage entre ceux qui paroiffent unis ? leur alliance a-t-elle été contractée fuivant les loix divines & politiques, ou fe trouve-t-il infecté d'un empêchement dirimant qui vienne d'une défenfe que ces loix euffent faites aux parties de s'unir enfemble ? Si ce font deux Conjoints de religion différente ; s'ils n'étoient pas libres quand ils fe font mariés ; citoyens des Etats dans lefquels ils vivoient en même-temps que difciples de Jefus-Chrift, les Peres, dans ces circonftances, fe décidoient contre l'indiffolubilité, parce qu'ils regardoient de telles alliances comme nulles.

Mais un mariage avoit-il été contracté validement, n'y avoit-il rien qui attaquât l'effence du contrat ? Dès-lors le mariage, felon eux, étoit indiffoluble, il étoit à l'abri de toute attaque. Ainfi ils plaçoient l'oppofition d'un Conjoint mécontent qui ne vouloit cohabiter avec fon Conjoint devenu chrétien & baptifé dans la claffe des événemens qui ne peuvent donner atteinte au mariage validement contracté. Tels font, fur le mariage, les fentimens des Peres.

Voyez plus bas Tertullien, pag. 11. S. Ambroife *in Lucam*, p. 43. S. Aug. *de fide & operibus*. n. 35. *& de adulterin. conjug. lib. 1. n. 31*, où il cite faint Cyprien pour le même fentiment.

8

Gibert avoue qu'il y a du partage entre les Peres & les Docteurs sur la question qui nous divise : il convient que les Peres sont décidés pour le sentiment de l'indissolubilité du mariage des infideles ; mais il n'entre dans aucun détail.

Il est aisé de sentir la raison de la différence de principes qui se trouvent entr'eux. Les Peres ont pris dans la Loi naturelle, dans l'Ecriture-Sainte & dans la Tradition, les idées justes qu'ils nous donnent du mariage : ils ont connu, comme les Scholastiques, l'endroit de S. Paul qui donne lieu à la Cause, ils l'ont examiné & n'ont rien trouvé de contraire aux principes établis par-tout dans les sources dont on vient de parler.

Les Scholastiques guidés par Gratien, qui, trompé par l'Ambroisiaste, avoit cru trouver une exception dans l'espece, y ont été conduits en ce qu'ils ont été frappés de l'inconvénient qu'ils trouvent dans la société de deux époux si différens de principes, & de ce qu'elle peut devenir une occasion de ruine dans la foi pour un Néophite peu affermi. De-là ils ont saisi avec avidité la moindre ouverture à la dissolution de son mariage, ils ont changé en principes, ce qui n'étoit qu'une difficulté, afin d'éviter le danger de subversion qu'ils appréhendent pour ce Néophite. De-là enfin ils se sont formé une idée du mariage différente de celle que les Peres en avoient conçu. Il falloit regarder l'indissolubilité du mariage comme descendant d'un droit divin & positif : ils ont adopté cette conséquence.

Mais est-il permis de se faire ainsi des principes ? Est-on admis à introduire une exception à une doctrine aussi universellement reçue que celle de l'indissolubilité du mariage ? S'ils prétendoient la trouver dans l'Ecriture-Sainte, ne falloit-il pas que l'exception fût aussi claire que le principe auquel ils vouloient faire une breche si considérable ?

Oui sans doute, si cette maxime est rigoureuse dans les sciences, elle doit l'être beaucoup plus en matiere de religion, & lorsqu'il s'agit d'interpréter l'Ecriture-Sainte dont la Tradition seule est la gardienne & peut en fixer le sens.

Qu'on ne nous objecte pas certaines loix qu'on trouve dans le Digeste, dans le Code, & dans les Novelles, on ne peut nier que plusieurs Jurisconsultes Romains n'avoient pas

pas l'idée juſte du mariage quand ils ont été de l'avis des loix établies par les Romains ſur le divorce. Paulus, Ulpien, Tribonien lui-même, n'ont été touchés que du contrat, & ont raiſonné de celui-ci comme ils avoient raiſonné des autres. C'étoit chez ces grands Juriſconſultes une idée fauſſe. Il eſt certain, & perſonne n'en peut diſconvenir, que c'eſt un inconvénient très-conſidérable dans un Etat quand il y a des Loix auſſi incertaines ſur un point auſſi important.

Ff. tit. 2. l. 23. & au Cod. tit. 17. liv. 7.

Sans conſidérer ſi les Conjoints étoient ou n'étoient pas trompés en contractant au riſque de pareils événemens dont les Loix de l'état les avertiſſoient, le ſieur Dage dira avec S. Chryſoſtome (a) & les Peres, qu'elles ne délivroient pas ceux qui les ſuivoient, de la punition de Dieu; il obſervera, avec le grand nombre des Juriſconſultes françois, que ces Loix étoient vicieuſes par cela même qu'elles contenoient de pareilles reſtrictions à un contrat qui, de ſa nature & par toutes ſes circonſtances, doit former, pour les Conjoints, un érat indiſſoluble. Auſſi les Peres du Concile de Mileve ont-ils été frappés de cet inconvénient. C'eſt ce qui les a porté à défendre (Can. 17.) les mariages après la ſéparation des Conjoints pour quelque cauſe qu'elle eût été faite, & à ordonner qu'on ſupplieroit les Empereurs d'appuyer les déciſions de l'Egliſe par un Edit qui fût conforme à l'Ecriture & contraire aux anciennes conſtitutions *in quâ cauſâ Legem imperialem petendam promulgari.*

Sermon. de Libello repudii. tom. 3. p. 204. n. 1.

Tenu l'an 416. Conc. tom. 2. p. 1541.

Il faut avouer que l'Egliſe Grecque n'a pas été auſſi rigoureuſe ſur ce point. On trouve même que, depuis la novelle 17. de Juſtinien, tous les Grecs ont embraſſé le ſentiment, que l'adultere d'un des Conjoints eſt une cauſe légitime de rupture du lien. Mais outre que les plus célebres des PP. Grecs ne ſe ſont pas laiſſé aller à cette idée, nous voyons que l'Egliſe au Concile de Florence leur reproche la facilité qu'ils avoient à rompre les mariages.

Tenu l'an 1438.

D'après ces obſervations le ſieur Dage va paſſer à la preuve des deux vérités qu'il s'eſt propoſé d'établir : 1°. le mariage

---

(a) *Ne mihi leges ab exteris conditas legas præcipientes dari libellum repudii & divelli. Neque enim juxta illas judicaturus eſt te Deus in die illâ quâ venturus eſt ſed ſecundùm eas quas ipſe ſtatuit.* S. Grég. de Nazianze, Ep. 176, tom. 1. p. 881. S. Jerôme, Ep. 84. tom. 4. part. 2. pag. 658. S. Ambr. liv. 8. in c. 16. Luc, n. 5. S. Aſtere, hom. de repudio Bibli combeſ. tom. 1. pag. 82. S. Aug. de nupt. & concup. c. 10. n. 12. S. Grég. le grand, liv. 11. Indict. 4. Ep. 50. tome 2. p. 1138.

B

des Infideles est indissoluble dans le cas où l'un des Conjoints s'est converti. 2°. On ne peut apporter d'exception à ce principe par aucun texte de l'Ecriture, pas même par celui de Saint Paul qu'on oppose. Il y a plus ; passer à un nouveau mariage, de la part du Conjoint converti, sous prétexte que l'autre Conjoint ne veut pas se convertir ni demeurer avec lui, c'est commettre un adultere.

Il établira ensuite la conformité qui se trouve entre le sentiment des Peres & la discipline constante de l'Eglise Latine pendant les dix premiers siecles, & même d'une grande partie de l'Eglise Grecque jusqu'à sa séparation.

Liv. 2. à sa femme. Tertullien parlant des femmes qui, étant mariées à un Payen, se font Chrétiennes, dit qu'un tel mariage est indissoluble devant Dieu : *ratum est apud Deum matrimonium hujusmodi.* Et Pamelius, le plus estimé de ceux qui ont donné des éditions de ce Pere, observe, dans ses tables & ses notes, que, selon Tertullien, il y a une grande différence entre un mariage contracté avec un Infidele avant le baptême & celui qu'une personne déja chrétienne contracteroit avec un Infidele. Il remarque que, selon Tertullien, le premier subsiste devant Dieu & selon le droit, & que l'autre ne subsiste pas même selon le droit. *Ratum tamen est matrimonium cum Gentili ante fidem contractum, post fidem verò etiam de jure ratum non est.*

Le même Tertullien dit (*a*) ailleurs que celui qui, marié à une Infidele, a eu l'avantage de se convertir doit persévérer avec sa femme, & que personne ne doit s'imaginer que la conversion lui donne la liberté de se retirer d'avec elle comme il le feroit à l'égard d'une personne qui lui seroit étrangere. Il le prouve par S. Paul qui dit que chacun doit continuer à vivre dans l'état où il a été appellé. Or, ajoute-t-il, cela s'entend des Infideles ; car ce ne sont pas les Fideles qui sont appellés. *Vocantur autem Gentiles, opinor,*

---

1. Cor. 7. (*a*). Cæterùm manifestum est scripturam istam eos fideles designare qui in matrimonio gentili inventi à Dei gratiâ fuerunt, secundùm verba ipsa : *Si quis fidelis uxorem habet infidelem ; non dicit uxorem ducit infidelem :* (le mariage eût été nul comme contracté au préjudice d'un empêchement dirimant.) *Ostendit jam in matrimonio agentem mulieris infidelis, mox gratiâ Dei conversum perseverare cum uxore debere : scilicet propterea ne qui fidem consecutus putaret sibi divertendum esse ab alienâ jam & extra eâ quodammodò fœminâ. Adeò & rationem subjicit in pace nos vocari à Domino & posse infidelem à fideli per usum matrimonii lucrifieri. Ipsâ etiam clausulâ hoc ita intelligendum esse confirmat, ut quisque, ait, vocatur à Domino, ita perseveret : vocantur autem gentiles, opinor, non fideles.*

non Fideles. Voilà une leçon que Tertullien donne à Levi en même-temps qu'il décide qu'il ne peut abandonner sa femme dans le cas où il se trouve. Enfin Tertullien, dans le même (*a*) livre que je viens de citer, voulant prouver qu'il n'est pas permis à un fidele d'épouser une femme infidele se fait une objection : Si un Fidele est souillé par le Liv. 2. n. 2. commerce qu'il a avec une Infidele, pourquoi un Infidele devenu chrétien est-il obligé de perſévérer dans ſon mariage? Pourquoi n'est-il pas ſouillé par le commerce avec une Infidele? Remarquez la réponſe de ce Pere : c'est, dit Tertullien, que le Chrétien a la liberté de ne pas épouſer une Infidele, au lieu que le Payen baptiſé est obligé de ne point ſe ſéparer de la partie infidele, parce que J. C. a défendu le divorce, excepté dans le cas de la fornication ; mais en ce cas-là même, où il le permet, il preſcrit la continence à celui qui ſe ſépare : (*Dominus*) *divortium prohibet, niſi ſtupri cauſâ. Habeat igitur ille perſeverandi neceſſitatem.* Obſervez ces termes : *habeat igitur ille perſeverandi neceſſitatem* appliqués à un conjoint converti qui s'étoit marié dans l'infidélité.

S. Jérôme, dans ſon Epître à Amandus, obſerve (*b*) que Tome 4. edit. S. Paul a retranché toutes les cauſes de diſſolution de mariage en décidant que ſi une femme ſe marie à un autre, nov. p. 162. du vivant de ſon mari, elle devient adultére. Enſuite confirmant la maxime il dit : Oui, c'eſt toujours ſon mari tant qu'il vit, quand il ſeroit adultére, quand il ſeroit dans la plus grande corruption de mœurs, quand il ſeroit couvert de tous les crimes, quand elle l'auroit abandonné pour tous ces déſordres, elle ne peut en prendre un autre. Et ce n'eſt pas l'Apôtre qui a avancé cette maxime de ſon autorité,

(*a*) Hoc loco dicet aliquis : quid ergo differt inter eum qui in matrimonio Gentilis à Domino allegitur, & olim, id eſt, ante nuptias fidelem, ut non proinde carni ſuæ caveant ; alter arceatur à nuptiis, infidelis, alter in his perſeverare jubeatur ? Cur ſi à gentili inquinatur, non & ille disjungitur, quemadmodum iſte non obligatur ? Reſpondebo, ſi ſpiritus dederit, ante omnia allegans, Dominum magis ratum habere matrimonium non contrahi quàm omninò disjungi : denique divortium prohibet, niſi ſtupri cauſâ, continentiam verò commendat. Habeat igitur ille perſeverandi neceſſitatem, hic porrò etiam non nubendi poteſtatem.

(*b*) Omnes igitur cauſationes Apoſtolus amputans apertiſſimè definivit, vivente viro adulteram eſſe mulierem, ſi alteri nupſerit . . . quamdiù vivit vir, licet adulter ſit, licet ſodomita, licet flagitiis omnibus coopertus & ab uxore propter hæc ſcelera derelictus, maritus ejus reputatur, cui alterum virum accipere non licet. Nec Apoſtolus hæc propriâ virtute decernit ; ſed Chriſto in ſe loquente ; Chriſti verba ſequutus eſt qui in evangelio ait : qui dimittit uxorem ſuam, exceptâ cauſâ fornicationis, facit eam mœchari, & qui dimiſſam acceperit adulter eſt. Animadverte quid dicat : qui dimiſſam acceperit adulter eſt, ſivè ipſa dimiſerit virum, ſivè viro dimiſſa eſt, adulter eſt qui eam acceperit.

B ij

c'eſt Jeſus - Chriſt qui le décide : *qui dimittit uxorem ſuam, exceptâ fornicationis cauſâ, facit eam mœchari; & qui dimiſſam duxerit adulter eſt.* Il répete la même vérité en y inſiſtant de nouveau : conſidérez, ajoute-t-il, ces paroles : *qui dimiſſam acceperit adulter eſt.* Ainſi ſoit qu'elle ait renvoyé ſon mari, ſoit que ce ſoit ſon mari qui l'ait renvoyée, celui qui la reçoit eſt adultere.

Le même Pere dans le liv. 1. contre Jovinien applique cette maxime au cas dont il s'agit ici : Vous aviez une femme lorſque vous vous êtes converti, dit ce ſaint Docteur ; ne penſez pas que la foi de Jeſus-Chriſt ſoit une cauſe de diſcorde. S. Paul le décide quand il dit, *in pace vocavit nos Deus.* S. Jerôme regardoit ſi peu le paſſage de S. Paul, *non enim ſervituti ſubjectus eſt frater aut ſoror*, comme annonçant la rupture du mariage, que ce grand Docteur, ce ſavant Interprete de l'Ecriture ſainte cite les paroles, qui les ſuivent, pour prouver que le Chrétien converti ne peut pas même ſe ſéparer par la raiſon de différence de religion. *Habebas uxorem cùm credidiſti, noli fidem Chriſti putare cauſam diſſidii, quia in pace vocavit nos Deus.*

S. Auguſtin eſt plein de cette vérité, il l'établit par-tout ; & ſon témoignage eſt d'autant plus conſidérable ſur cette matiere, qu'il eſt l'oracle de l'Egliſe ſur la doctrine qui regarde le mariage qu'il a défendu contre les Manichéens. Ce Pere, pour exprimer l'indiſſolubilité du mariage, la compare à celle du Baptême ; & dit que de même que celui qui a reçu le Baptême ne le peut perdre, quoiqu'il puiſſe perdre la foi en ſe ſéparant de la doctrine ou du ſein de l'Egliſe ; de même celui qui eſt marié ne peut rompre le lien, quand il ſe ſépareroit de ſa femme & ſe joindroit à une autre. Cette idée eſt ſi familiere à ce ſaint Docteur, qu'il la répete en (*a*) pluſieurs endroits de ſes Ouvrages.

On peut juger par-là de quelle nature S. Auguſtin regar-

(*a*) *Sicut enim manente in ſe Sacramento regenerationis , excommunicatur cujuſquam reus criminis, nec illo Sacramento caret, etiamſi nunquam reconcilietur Deo ; ita manente in ſe vinculo fœderis conjugalis, uxor dimittitur ob cauſam fornicationis, nec carebit illo vinculo, etiamſi nunquam reconcilietur viro ; carebit autem, ſi mortuus fuerit vir ejus.* De conjug. adult. lib. 2. n. 4.

Ita manet inter viventes quiddam conjugale, quod nec ſeparatio, nec cum altero copulatio poſſit auferre. *Manet autem ad noxam criminis, non ad vinculum fœderis :* ſicut apoſtatæ anima *velut de conjugio Chriſti recedens,* etiam fide perditâ ſacramentum fidei non amittit, *quod lavacro regenerationis accepit.* De nuptiis, lib. 1. n. 11.

de le lien du mariage ; car le caractere du Baptême eſt ineffaçable, indélébile. Donc, ſelon ce Pere, le mariage eſt indiſſoluble en tout cas.

Et qu'on ne diſe pas que S. Auguſtin, dans les endroits que cite ici le ſieur Dage, parle du mariage comme Sacrement, qu'ainſi ce texte ne s'entend pas de tout mariage : idée ſinguliere & qui n'a aucune ſolidité dans les principes de ce S. Docteur. Il parloit, ſans doute, du mariage ſanctifié par le Sacrement, lorſqu'inſtruiſant les Chrétiens mariés ſur leurs devoirs, il leur en preſcrivoit les regles. Mais il eſt ſi peu vrai que ce ſoit de l'idée du Sacrement, dont l'effet eſt de ſanctifier le mariage, qu'il tire cette indiſſolubilité, que, dans ſon livre (a) de fide & operibus, il regarde comme indignes du Baptême ceux des Infideles qui ſe feroient liés à une ſeconde femme après avoir abandonné leur premiere, & exige qu'ils la reprennent avant de les baptiſer. D'ailleurs on trouvera une nouvelle preuve que S. Auguſtin regarde le mariage des Infideles comme auſſi indiſſoluble que celui des Fideles dans la maniere dont il raiſonne ſur l'endroit de S. Paul que Levi invoque en ſa faveur, & qui certainement ne s'entend que d'un mariage contracté dans l'infidélité. Le ſieur Dage, pour faire ſentir toute la force des preuves que S. Auguſtin en rapporte, donnera l'analyſe du livre entier que ce S. Docteur a fait ſur cette matiere. Il la rapportera à l'appui de la ſeconde propoſition de ce Mémoire.

Il ne s'enſuit pas de ces obſervations que le crime du Conjoint infidele qui ſe ſépare ſoit égal à celui du Chrétien, qui, au mépris du Sacrement, va ſe joindre à un autre : il y a profanation de la part de ce dernier. Mais ce n'eſt pas là le point de la queſtion : il s'agit du lien, & c'eſt à cet égard que l'on ſoutient avec S. Auguſtin qu'il eſt indiſſoluble en tout cas.

A l'autorité des Peres ſur ce principe, le ſieur Dage joint celle des Conciles. Nous la trouvons dans le Canon premier d'un ancien Concile qui eſt cité par tous les Auteurs, comme du Concile de Meaux, mais qui eſt certainement d'un Concile des premiers ſiecles. Si quis habuerit uxorem virginem antè Baptiſmum, alteram habere non poteſt, dit ce Canon ;

(a) Eos moverit non admitti ad Baptiſmum, qui dimiſſis uxoribus alias duxerint, vel fœminas quæ dimiſſis viris aliis nupſerint ; quia hæc non conjugia, ſed adulteria eſſe Dominus Chriſtus ſine ullâ dubitatione teſtatur. Chap. I. n. 2.

& la raifon qu'il en donne eft que *crimina in Baptifmo fol-vuntur, non conjugia*. Maxime précieufe & conforme aux principes les plus importans en matiere d'indiffolubilité de mariage. Auffi cette vérité fe trouve-t-elle répétée dans le Concile de Tribur. Ces deux Conciles l'avoient tirée des décrets d'Innocent I. Can. 13. & du Traité *de bono conjugali* de S. Auguftin, chap. 18.

Le fieur Dage paffe à la difficulté qu'on lui oppofe dans un paffage de S. Chryfoftome l'un des Peres Grecs. Il eft certain qu'on n'a pas pris le fens de ce faint Docteur; mais d'abord il demandera ce qu'on en conclueroit, quand S. Chryfoftome auroit été du fentiment qu'on lui attribue? prétendroit-on qu'un Fidele converti dans l'Eglife Latine pourroit en conféquence tenir une même conduite? Non, autrement il faudroit imaginer que, dans l'Eglife Latine, on pourroit permettre de fe remarier dans le cas d'adultere, parce que, depuis la novelle 17. de Juftinien, tous les Grecs ont embraffé le fentiment oppofé à celui de S. Bafile, de S. Chryfoftome, & à celui de la plupart des Peres Grecs des fiecles plus voifins des Apôtres.

Or, il eft certain qu'aucun Auteur Catholique n'oferoit avancer dans l'Eglife latine, que l'adultere fût une caufe de diffolution de mariage: au contraire, qui oferoit l'enfeigner fous prétexte que tel eft le fentiment de l'Eglife grecque actuelle & depuis la Novelle, feroit regardé comme très-répréhenfible. Il mériteroit même d'être puni par les Loix, s'il permettoit de l'exécuter. Ainfi quand S. Chryfoftome auroit été de cet avis, il n'y auroit rien à en conclure en faveur de Levi qui a été baptifé dans le fein de l'Eglife Latine.

Mais on peut aller plus loin & foutenir que ce paffage de S. Chryfoftome n'a pas le fens qu'on lui attribue. Auffi quoiqu'il y ait plufieurs des Auteurs attachés au fentiment que Levi invoque en fa faveur qui prétendent s'appuyer fur S. Chryfoftome, il y en a beaucoup d'autres qui ne le citent pas, parce qu'ils fentent que les termes, dans lefquels les premiers croient trouver un appui, ne décident rien à leur avantage.

S. Chryfoftome regarde fi peu l'infidélité d'un des Conjoints comme une caufe de diffolution du nœud, que non-feulement il dit au mari fidele de demeurer, de ne pas renvoyer fa femme à caufe de fon infidélité, & à la femme de ne pas fe fépa-

In prima ad Cor. hom. 19.

rer de fon mari, d'employer les termes les plus infinuans, mais il avance & répete par-tout que l'infidélité ne donne pas même le droit de féparation que donne l'adultere, *per-* *mifit ut is, qui fornicariam habet uxorem, illam expellerit, gen-* *tilem verò uxorem fecùs;* il va même jufqu'à dire que la dif- férence qu'il y a entre le cas de l'adultere & le cas de l'in- fidélité eft que le premier eft une caufe légitime de fépara- tion, au lieu que dans le fecond, c'eft même un crime indigne de pardon de fe féparer de fon conjoint à qui on n'a à reprocher que fon infidélité. *Adeò grave, adeò* *veniâ indignum eft hoc peccatum, ut fi uxor, invito conjuge etiam* *idolatrâ, ab illo feparetur, à Deo puniatur, fi ab adultero minimè.*

In cap. 3. If. tom. 6. p. 41. n. 6.

Hom. 63. t. 8. p. 380. nov. edit.

On voit par là force des termes de S. Chryfoftome com- bien il eft éloigné de regarder l'infidélité comme une caufe de rupture du mariage. De pareilles expreffions ne don- nent pas lieu de foupçonner que Levi puiffe fe flatter de rencontrer dans ce faint Docteur une décifion affortie à fon idée. Car on ne peut pas dire qu'elles foient équivo- ques, & qu'elles doivent être expliquées par d'autres en- droits; par-tout S. Chryfoftome tient le même langage. Quand une femme adoreroit des Idoles, dit ailleurs ce S. Docteur, le droit que le mari a fur elle n'en exifte pas moins, *hoc autem etiamfi mulier Idola colat coiri jus non amit-* *titur.*

Hom. 19 in 1. ad Cor.

De pareilles propofitions ne préfentent-elles pas un fyftême complet? L'adultere eft une caufe de féparation: l'infidélité n'en eft pas une. Il y a plus; autant il eft libre au conjoint innocent de fe féparer du conjoint adultere, autant il eft in- terdit, c'eft un crime même à un néophite de fe féparer du conjoint infidele à qui il n'a rien à reprocher fur l'article de la fidélité conjugale. Enfin les conjoints confervent leur droit l'un fur l'autre fans que la différence de religion y mette le moindre obftacle: n'eft-ce pas décider précifément que Levi ne peut pas argumenter de la perféverance de fa femme dans l'infidélité, pour s'en faire un titre de féparation? Et ce qu'on prie de remarquer, c'eft que S. Chryfoftome s'exprime ainfi fur l'endroit même de S. Paul qu'on nous oppofe. D'où fuit que ce faint Docteur ne voit pas dans l'Apôtre une permiffion au conjoint converti de fe féparer de fon conjoint pour caufe d'infidélité.

C'eft donc un principe général d'après lequel S. Chryfoftome raifonne en cette matiere , qu'il n'y a rien à conclure du cas de l'adultere à celui de l'infidélité ; qu'ainfi de ce que le conjoint innocent eft libre de fe féparer du conjoint adultere , il ne s'enfuit pas que le néophite en puiffe faire autant à l'égard de fon conjoint infidele : *Permifit ut is qui fornicariam habet uxorem illam expellerit , gentilem verò uxorem fecùs.*

Pourquoi S. Chryfoftome infifte-t'il tant fur cette différence ? Il eft aifé d'en fentir le fondement : il eft tiré de la nature même du mariage & de fa fin.

Qu'eft-ce que le mariage relativement aux conjoints ? C'eft une fociété légale de deux époux qui fe font réciproquement donnés l'un à l'autre avec ferment de ne jamais manquer à la foi qu'ils fe font promife. C'eft un acte finallagmatique de fociété perpétuelle. Or qu'y a-t-il de plus contraire à ce contrat , que l'infraction de cette foi jurée , que la fouftraction de l'objet engagé pour le livrer à un autre ? La partie adultere commet un crime non-feulement contraire à toute loi , mais qui attaque directement l'obligation qu'elle a contractée. Il en eft d'une partie adultere comme d'un affocié , par acte , qui exécuteroit avec un autre le contrat qu'il auroit paffé avec fon affocié. Il feroit vrai de dire de cet homme & il eft vrai de dire par comparaifon de l'adultere , qu'il fait tout ce qui eft en lui pour diffoudre fes engagemens. L'infidélité au contraire n'a rien d'incompatible avec l'idée du mariage. On fe marie dans tout état & dans toute religion. La foi a été jurée par les Parties dans l'état où elles étoient. Peut-on dire que le changement de condition civile altere en rien le contrat ? Pourquoi donc le changement arrivé dans l'ame d'un des conjoints y en apporteroit-il ? Il faudroit une loi : il n'y en a point , ou , pour mieux dire , il y en a une qui oblige les conjoints à perfévérer dans leur alliance. Elle eft écrite , felon Tertullien , S. Auguftin & S. Chryfoftome , dans ces termes de l'Apôtre. *Unufquifque in quâ vocatione vocatus eft in eâ permaneat.* Remarquez que c'eft dans le Chapitre même où Levi prétend trouver la diffolution de fon lien , où S. Chryfoftome lit la loi qui lui ordonne de refpecter ce lien. *Uxorem habens infidelem vocatus es ? Mane cum illâ , ne propter fidem ejicias uxorem . . . . Hoc enim fibi vult illud unufquifque ficut divifit Deus.* Au contraire , parlant au conjoint innocent , il lui dit précifément qu'il peut fe féparer du conjoint adultere.

Il eft donc vrai & dans les principes de la matiere & dans

ceux des Peres, & même de S. Chryſoſtome, que de la per-
miſſion donnée au conjoint innocent de ſe ſéparer du conjoint adultere, on n'en peut tirer aucune conſéquence rigoureuſe qu'on puiſſe appliquer au Néophite converti depuis ſon
mariage, pour l'autoriſer à conclure par parité le droit qu'il
auroit de le ſéparer de ſon Conjoint infidele. Auſſi faudra-
t-il remarquer que, quoique S. Auguſtin qualifie ces deux cas
par une dénomination commune en appellant l'infidélité fornication de l'eſprit *fornicatio ſpiritûs*, comme il appelle l'adultere
fornicatio carnis, ce n'eſt pas pour comparer à tous égards le droit
qu'a le Conjoint innocent contre le Conjoint adultere avec
celui que la religion donne au Néophite à l'égard de l'infidele,
mais pour conlure l'indiſſolubilité du lien dans ces deux cas.

Mais, dira-t-on, S. Chryſoſtome ne parle, dans les endroits
que vous oppoſez, que du cas où le conjoint infidele conſent
habiter. Il faut nous prouver la même choſe dans ce ſaint
Docteur dans le cas où il refuſe la cohabitation, ou, quand il
y conſentiroit, dans celui où elle ne peut avoir lieu : *Sine in-*
juriâ religionis, ſine periculo ſubverſionis.

1°. Pourquoi veut-on que ce qui dans le principe n'eſt pas
même une cauſe néceſſaire de ſéparation, devienne dans celui-
ci, par une circonſtance particuliere, une cauſe de rupture du
lien ? L'oppoſition à cohabiter qui ſe trouvera dans le Conjoint
infidele, ſera-t-elle donc capable de produire un effet ſi conſidérable ? Si on veut tirer cet effet de ce que le Néophite peut
trouver dans l'union avec ſon Conjoint infidele, des dangers
pour ſa foi, & qui ne ſçait qu'il y a ſouvent plus à craindre
pour lui dans la cohabitation tranquille d'un Conjoint infidele
qui emploiera ſa douceur & ſes manieres inſinuantes pour le
ramener à l'infidélité qu'il n'a à craindre de la rébellion du
Conjoint qui refuſe la cohabitation. D'où on peut conclure
que ſi cette raiſon avoit déterminé les Peres à prononcer la
rupture du mariage du Néophite dans le cas dont on vient de
parler, il eſt certain qu'ils ne ſeroient pas conſéquens dans leurs
principes. On peut dire la même choſe du motif que la cohabitation ne peut avoir lieu ſans expoſer le Conjoint infidele
à injurier la Religion. D'ailleurs la ſéparation *à thoro* ſuffit
pour remédier à tous ces inconvéniens.

Mais, dit-on, le conjoint néophite, parce qu'il eſt converti, n'eſt
pas pour cela appellé à la continence, & c'eſt le forcer à la garder.

Les raiſons d'incapacité de garder la continence dans les

cas de féparation ne touchoient pas les Peres. Saint Auguftin en détaille (a) plufieurs, où les gens mariés font obligés de la garder. Il s'oppofe dans chacun de ces cas la difficulté qu'on nous fait, & toute la folution qu'il y donne, c'eft qu'on ne peut changer la Loi de Dieu. Il termine même toutes fes obfervations en répondant à une femme qui continuoit fes plaintes : *Quid ergo ei prodeft quod de Lege Chrifti mulier incontinens queritur nifi ut murmurans puniatur.* A quoi ferviront à cette femme toutes fes plaintes contre la dureté de la Loi de Jéfus-Chrift, finon à la faire punir de fon incontinence malgré fes murmures. D'ailleurs il faudroit établir cette exception dans S. Paul. Or tout ce qu'on voit dans cet Apôtre eft le confeil qu'il donne au néophite de ne pas renvoyer le conjoint infidele : *Non dimittat illam, non dimittat virum,* & l'avis de laiffer aller le Conjoint infidele s'il fe fépare : *Si infidelis difcedit, difcedat.* Mais ne prévenons pas ce que S. Auguftin nous apprendra fur ce point.

2°. Non-feulement la rupture du lien ne s'enfuivra pas de l'idée du refus que fait l'infidele de cohabiter, ni des termes de l'Apôtre à l'égard du Néophite ; Saint Chryfoftome écarte même cette conféquence défavouée par tous les Peres de l'Eglife Latine & fingulierement par Saint Auguftin, dans la

S. Aug. de conjug. adult. liv. 2. ch. 9.

(a) *Continenter vivere paucorum eft. Et ideo qui fornicantes conjuges dimiferunt, quoniam non poffunt reconciliari, tantùm fe vident periclitari, ut legem Chrifti non humanam, fed feralem pronuntient, ô frater, quantùm ad incontinentes pertinet, multas querelas habere poffunt, quibus, ut dicis, legem Chrifti feralem pronuncient, non humanam, & tamen non propter illos Evangelium Chrifti pervertere, vel mutare debemus. Te quippe fola eorum querela permovet, qui conjuges caufâ fornicationis intercedente dimittunt, fi alias ducere non finantur : quoniam continere paucorum eft ; atque ad id debent laude adhortari ; non lege compelli : itaque fi dimiffâ adulterâ non ducitur altera, juftam querelam, ficut putas, habebit hominum incontinentia. Sed attende quam plura funt, ubi fi querelas incontinentium velimus admittere, neceffe nobis erit adulteria facienda permittere. Quid fi enim aliquo diuturno & infanabili morbo corporis teneatur conjux, quo concubitus impeditur? Quid fi captivitas vel vis aliqua feparet, ita ut fciat vivere maritus, uxorem, cujus fibi copia denegatur, cenfes-ne admittenda incontinentium murmura & permittenda adulteria? Quid in hoc ipfo unde interrogatus eft Dominus, refponditq. fieri non debere, fed ad duritiam cordis illorum Moyfem permififfe, dari libellum repudii, & quâcumque caufâ dimittere conjugem. Nonne lex Chrifti incontinentibus difplicet, qui uxores litigiofas, injuriofas, imperiofas, faftidiofas & ad reddendum debitum conjugale difficillimas, repudio interpofito abjicere volunt, & alteras ducere? Jam ergo, quia iftorum incontinentia legem Chrifti horruit, an eorum lex Chrifti arbitrium commutanda eft. Et plus bas au n. fuivant, il conclud, ego autem dico in utroque manere hoc vinculum, quo mulier alligata eft, quandiu vir ejus vivit, five continens, five mæchus : & ideo mæchari eam quæ dimiffa nupferit & mæchari eum qui dimiffam duxerit, five à mæcho, five à continente dimiffa fit, quoniam mulier alligata eft, quamdiu vir ejus vivit : &, quant à ce qui regarde les plaintes de la femme abandonnée, il dit : Quid ergo ei prodeft, quod de lege Chrifti mulier incontinens queritur nifi ut murmurans puniatur ?*

maniere dont il explique les termes de S. Paul dont on veut l'induire. Ecoutons les regles de conduite que S. Chryfoftome donne fur cet endroit : *Si infidelis difcedit , difcedat.* Si l'infidele fe retire, qu'il fe retire : c'eft bien là le fiége de la queftion. Voyons comment il l'a réfout (a) : *Id eft,* c'eft-à-dire , dit-il , faites tout ce qui eft en vous , ne donnez occafion de combat & de guerre ni au Juif ni au Grec. Par-tout où vous verrez la piété bleffée ne préférez pas la concorde à la vérité , mais *perfiftez généreufement jufqu'à la mort :* ne combattez pas par indifpofition , ne l'écartez pas par un deffein de votre volonté , mais combattez uniquement pour la défenfe de votre foi. C'eft ce que fignifie, autant qu'il eft en vous , ayez la paix avec tous les hommes ; & s'il ne garde pas la paix , ne laiffez pas troubler votre ame par la tempête , *mais foyez fon ami par la difpofition de votre cœur* fans trahir jamais la vérité.

On demandera à Levi fi , dans fon fyftême , il expliqueroit l'endroit de faint Paul comme faint Chryfoftome le rend ici. Croit-il que S. Paul lui ordonne de *perfifter jufqu'à la mort , d'être toujours ami de fa femme , de ne combattre contre elle que pour fe préferver du danger de fubverfion* , pendant qu'il n'a d'autre vûe que de faire un divorce éternel avec elle, de ne la jamais revoir non plus que fa famille, de rompre pour toujours avec tout ce qui lui appartient , de mettre par fon nouveau mariage un mur de féparation entre les deux familles , en un mot, d'annoncer à fa femme une rupture qui ne lui laiffera plus le retour libre quand , en fe convertiffant , elle confentiroit à rentrer dans leur ancienne cordialité , dans cette tendreffe qu'elle ne peut s'empêcher de laiffer appercevoir dans les lettres qu'elle lui adreffe.

Mais ce n'eft pas le feul endroit de ce faint Docteur où il s'explique fi clairement fur le fens de faint Paul. Qui le croiroit? Le texte que cite Levi le condamne lui-même. Il ne l'invoque qu'en coupant le fens, en détachant une phrafe du texte dont elle fait partie. Voici les termes dont il

S. Ch. hom. 22. in Ep. ad Rom. fur ces mots : benedicite perfequentibus vos, benedicite, & nolite maledicere.

1. Cor 7. 15.

(h) *Si verò infidelis difcedit, difcedat, id eft, quæ penès te funt præfta, & nemini des anfam belli & pugnæ , non Judæo non Græco, Sicubi verò pietatem lædi videas , ne præponas concordiam veritati , fed generosè perfifte ufque ad mortem : ac ne fic ex animo pugnes , neque ex voluntatis propofito ipfum averferis ; fed in rebus tantummodo pugnes. Id enim fignificat illud , quod ex vobis eft cum omnibus hominibus pacem habentes. Et fi ille pacem non fervaverit, tu ne animum tuum tempeftate repleas , fed ex propofito voluntatis amicus efto , ut dixi , veritatem nufquam prodas.*

C ij

s'agit. S. Chryfoftome les emploie à l'occafion de l'endroit de faint Paul qui donne lieu à la Caufe. Il vaut mieux que le mariage foit rompu que la religion du fidele renverfé : *Melius eft difrumpi connubium quàm piam religionem*.

1°. Pourquoi fe fert-il de termes fi forts ? C'eft dans un difcours où il veut perfuader. Il ne trouve pas d'expreffions trop énergiques pour faire éviter le danger à des fideles qui n'ont aucun doute fur le genre de féparation qu'il leur ordonne. Il faut remarquer, & cela eft très-important, que ce n'eft pas dans une phrafe de difcours d'éloquence où on peut voir, avec précifion, le fens d'un Auteur, il en faut en ce cas plus d'une, les concorder & fur-tout obferver ce qui précede & ce qui fuit.

2°. S. Chryfoftome s'explique lui – même dans l'endroit qu'on oppofe, on n'a garde de rapporter le contexte de ce Pere. Comment fe propofe-t-il la difficulté à laquelle il répond ? Que veulent dire ces paroles : Si l'infidele fe retire ou fe fépare : *Si infidelis difcedit aut feparatur ?* Veut-on entendre la conjonction *aut* comme explicative du mot *difcedit* ou comme disjonctive ? Prétend-on dans le premier fens qu'il n'y ait qu'un cas qui fera celui de la féparation ? Soutient-on, comme dans le fecond fens, qu'il s'agiffe de deux cas, que le verbe *difcedit* s'entende de rupture du lien, & le mot *feparatur* de féparation *à thoro*. Cela eft indifférent au fieur Dage, qui trouve dans faint Chryfoftome une réponfe décifive : car ce Pere, dans le fecond fens, aura toujours à répondre fur l'un & l'autre cas. Voici fes propres termes qu'on ne fait que traduire (a) : « Que veu- » lent dire ces paroles : Si l'infidele fe retire ou fe fépare ? Par » exemple, s'il ne vous laiffe à choifir qu'entre l'un de ces » deux partis, ou celui de facrifier & de devenir compagne » de fon impiété en conféquence du droit que lui donne le » mariage qu'il a contracté avec vous, ou de vous retirer, il » vaut mieux que le mariage foit rompu que la religion du » fidele renverfée. C'eft pourquoi l'Apôtre ajoute : Car le » frere & la fœur ne font pas affujettis à la fervitude en ce » cas. S'il combat & vous fait tous les jours la guerre pour

In prima ad Cor. hom. 19.

(a) *Quid fibi vult illud : infidelis fi difcedit aut feparatur ? verbi gratiâ, fi te jubet facrificare aut fociam impietatis effe propter connubium vel difcedere ; meliùs eft difrumpi connubium quàm piam religionem. Quapropter fubdit : non enim fervituti fubjectus eft frater aut foror in ejufmodi rebus. Si quotidiè eâ de caufâ pugnet & bellum moveat, melius eft feparari. Hoc enim fubindicat cum dicit, in pacem autèm vocavit nos Deus.*

» parvenir à ce qu'il exige de vous, il vaut mieux que vous
» vous fépariez : *Melius eſt feparari*. C'eſt ce que l'Apôtre
» vous enfeigne lorſqu'il ajoute : Dieu nous a appellés à la
» paix : *In pacem autem vocavit nos Deus.* »

Eſt-il difficile, à l'inſpection de tout ce texte de S. Chry-
foſtome, d'appercevoir le ſens qu'il donne aux paroles de
l'Apôtre ? Qu'on explique comme on voudra la conjonction
aut qui ſe trouve dans la queſtion qu'il ſe fait, il y a deux
choſes que Levi ne peut nier. Ce Pere, quand il prend
les termes de l'Apôtre pour les commenter dans l'hypothèſe
la plus effrayante où il pût ſe placer, ne répond autre choſe
que *melius eſt feparari*. Il eſt mieux de ſe féparer. Dira-t-on
que c'eſt-là une diſſolution du lien ? Qu'on obſerve le motif
qu'il donne de cette féparation : c'eſt celui de l'Apôtre : *In
pacem vocavit nos Deus.* Seconde circonſtance qui prouve
qu'il n'entend pas parler dans cet endroit de rupture de
mariage.

En effet, Levi penſe-t-il au vice de raiſonnement qu'il
met dans la bouche de S. Paul & de S. Chryſoſtome, quand
il leur fait avancer, par les termes qu'ils emploient, que le
mariage eſt diſſous dans ce cas. Voici préciſément ce qu'il
leur fait dire. Si votre conjoint infidele conſent habiter, ne
le renvoyez pas, l'infidélité n'eſt pas un obſtacle au mariage,
chacun doit demeurer dans l'état où il a été appellé. *Non dimittat virum* (aut) *non dimittat illam, unuſquiſque in quâ
vocatione vocatus eſt in eâ permaneat.* D'ailleurs qui ſçait ſi
vous ne gagnerez pas votre Conjoint à Jeſus-Chriſt ? Mais
s'il ne veut pas cohabiter, ou ſi ſa cohabitation ne peut
que vous être dangereuſe pour votre ſalut, la conduite que
vous devez tenir c'eſt de rompre le lien qui vous tient uni
à lui. 1°. Dépend-il des Conjoints de rompre le lien ou
de le laiſſer ſubſiſter ? 2°. La comparaiſon employée dans la
phraſe de S. Chryſoſtome, fait ſentir avec évidence la fauſ-
ſeté du ſens qu'on donne à la propoſition de ce ſaint Docteur.
Car *melius eſt diſrumpi connubium quàm piam religionem* ou *melius eſt feparari quàm piam abnui religionem* ne pourroit ſigni-
fier, dans ce cas, que c'eſt un moindre mal que vous rompiez
votre mariage que d'abandonner la religion. Or il n'y auroit
plus de comparaiſon, chacun ſe ſuffiſant à lui-même pour
abandonner la religion, au lieu que perſonne n'eſt capable

de rompre le lien de fon mariage. Faire parler ainfi ce faint Docteur, c'eft fuppofer qu'il avoit oublié les regles les plus fimples du raifonnement, au lieu que rien n'eft plus fenfé & plus raifonnable que de dire : C'eft un moindre mal que vous pratiquiez la féparation (ce qu'il vous eft libre de faire en ce cas comme l'Apôtre vous le déclare) que de vous expofer à perdre la religion. Enfin c'eft une autre inconféquence de fuppofer que cet acte de rupture du mariage doive être pratiqué par le Néophite pour fe procurer la paix. Outre que, comme on l'a dit, ce Pere lui enfeigneroit la pratique d'un acte qui lui feroit impoffible, le motif qu'il lui en donne, avec S. Paul, n'a trait qu'à la féparation *à thoro*. Pour avoir la paix il n'y a autre chofe à faire que de fe féparer de ceux qui aiment la guerre.

3°. Levi prétend-il entendre mieux S. Chryfoftome que Théophilacte qui, felon le Cardinal Bellarmin, n'eft que fon abbréviateur ? Or on démontrera plus bas que Theophilacte explique les paroles de S. Paul de la féparation *à thoro*, & qu'il s'exprime en termes formels fur la fubfiftance du lien. Cet Auteur va même jufqu'à dire que c'eft faire violence au texte de faint Paul & le faire parler, que de prétendre que cet Apôtre annonce le lien rompu par la féparation du Néophite qui abandonne fon Conjoint perfévérant dans l'infidélité.

De Script. Eccl.

Quant à l'idée qu'on impute à faint Chryfoftome de prétendre que le mariage eft rompu par l'adultere, on répondra que tous les textes qu'on produit pour le prouver font aifés à expliquer dans le fens de la féparation *à thoro*, feule permife, en ce cas, dans l'Eglife Latine. On peut renvoyer, fur ce point, à l'ouvrage de Gibert qu'on a cité. D'ailleurs on ne peut penfer ainfi fans imaginer que le faint Docteur fe feroit contredit. Il fuffit, pour s'en convaincre, de jetter les yeux fur la maniere dont il décrit l'indiffolubilité du mariage.

C'eft dans fon Homélie 63 : 1°. il remarque que le terme propre à rendre cette union eft celui d'*adhærere* qui fe dit de deux chofes collées l'une à l'autre, & que comme les chofes collées font inféparables, le mari & la femme le doivent être auffi. 2°. Il dit que le mari n'étant qu'une même chair, c'eft un auffi grand crime de les féparer que de partager un corps en deux,

uemadmodum igitur fcelus eft in duo dividere unam carnem, fic
& mulierem à viro fuo diripere iniquiffimum eft. 3°. S. Chry-
oftome infifte fouvent fur cette vérité enfeignée par S. Paul, Rom. 7. 1.
que la femme eft liée à fon mari tant qu'il vit.

Or trouvant des principes fi clairs dans ce S. Docteur,
ils doivent fervir à expliquer tout ce qui fe trouveroit obfcur
dans d'autres endroits, c'eft la regle qu'indique la bonne Lo-
gique.

Au refte, le fieur Dage ne pouffe pas plus loin fes obfervations fur ce point étranger à la queftion qu'il traite.

Le fieur Dage a prouvé, a même démontré par les principes des Peres de l'Eglife Latine, & par ceux de S. Chryfoftome chez les Grecs, que le mariage des Infideles demeure indiffoluble dans le cas même où l'un des Conjoints
s'eft converti. On a vu les Peres établir que ce mariage eft
indiffoluble devant Dieu : *ratum eft apud Deum matrimonium*
hujufmodi : que celui qui eft converti doit perféverer à con-
ferver fa femme, *gratiâ Dei converfum perfeverare cum uxore*
debere : que c'eft même pour lui une neceffité, *habet igitur*
ille perfeverandi neceffitatem : que les crimes les plus graves ne
font pas une raifon qui en fépare. S. Jérôme entre même
dans un grand détail pour l'établir : qu'on ne peut pas non
plus le prétendre de l'infidélité, *noli fidem Chrifti putare cau-*
fam diffidii : qu'on ne doit pas conclure, qu'un Néophite lié à
un conjoint infidele puiffe abandonner la femme qu'il a prife
dans l'infidélité, de la permiffion qu'a le Conjoint innocent
de fe féparer de fon Conjoint adultere : que le conjoint Néophite commettroit même un crime s'il tiroit cette conclufion
pour tenir une même conduite, parce que l'infidélité n'eft pas
contraire au mariage, & que c'eft un devoir de perféverer
dans l'état où on a été appellé, *unufquifque in quâ vocatione*
vocatus eft in eâ permaneat : enfin que le Baptême lave les cri- 1.Cor. 7. 20.
mes, mais n'efface pas les mariages, *crimina enim in Baptifmo*
folvuntur, non conjugia.

Le fieur Dage paffe au fecond principe qu'il trouve dans
les Peres fur cette matiere : ces SS. Docteurs font allés jufqu'à dire qu'on ne peut apporter aucune exception au principe de l'indiffolubilité du mariage en ce cas : qu'on ne peut
la trouver dans le paffage de l'Apôtre S. Paul aux Corinthiens, & que fe marier à un autre de la part du Conjoint
converti, fous prétexte que l'autre Conjoint ne veut pas fe

convertir ni demeurer avec lui, ce seroit commettre un adultere. Ce second principe se trouve établi par des passages de
plusieurs Peres & quantité de textes de S. Augustin, mais singulierement dans deux livres entiers qu'il a fait sur cette
matiere, où il l'examine polémiquement & comme défenseur
de la doctrine de l'Eglise sur ce point. C'est dans les deux traités *De adulterinis conjugiis*, où il répond aux questions que
lui avoit faites Pollentius.

Comme Levi arrache de ce livre, qui comprend un systême réfléchi, des passages qu'il oppose au sieur Dage, ce dernier ne peut se dispenser de rendre exactement & analytique-
ment le systême du Livre de S. Augustin. Quoi qu'en puisse
dire son Adversaire (*a*), qui prétend que c'est le moyen
d'obscurcir les textes, il persistera à soutenir que c'est la seule
voie de découvrir une lumiere capable de dissiper les téne-
bres qu'on veut répandre sur sa doctrine.

Pollentius avoit des difficultés sur deux endroits du Chap.
VII. de la I. Epître aux Corinthiens, tant dans les versets
qui regardent les gens mariés dont un des Conjoints est
adultere, que sur la conduite que S. Paul indique au Conjoint Néophite qui s'étoit marié dans l'infidélité avec un Conjoint infidele. 1°. Il lisoit aux versets 10 & 11 de ce Chap.
*Iis autem qui matrimonio juncti sunt, præcipio non ego, sed Do-
minus, uxorem à viro non discedere: quod si discesserit, manere
innuptam, aut viro suo reconciliari. Et vir uxorem non dimittat.*
Pour ceux qui sont dans le mariage, ce n'est pas moi, mais
le Seigneur qui leur fait ce commandement, qui est que la
femme ne se sépare point d'avec son mari. Que si elle s'en
sépare, qu'elle demeure sans se marier, ou qu'elle se récon-
cilie avec son mari. Que le mari de même ne quitte point sa
femme. D'un autre côté il avoit lu dans les Commentaires
de S. Augustin sur S. Matthieu que J. C. ne permettoit pas à un

(*k*) Toute l'audience a dû être étonnée d'entendre avancer un semblable paral-
logisme, que rendre l'analyse d'un livre, en développer scrupuleusement l'ordre
& les principes, donner les textes de l'Auteur dans ses propres termes, c'est chercher à obscurcir; & qu'au contraire présenter, comme on a fait de la part de Levi, quelques textes isolés qu'on explique suivant le systême qu'on veut prêter à S.
Augustin, ce soit la seule voie de le faire entendre. On ne réfutera point ici une
pareille observation. On croit que la meilleure façon d'y répondre sera de suivre la
même route qu'on avoit déja prise, & même de donner une analyse plus étendue
des propres termes de S. Augustin. La Cour se convaincra par elle-même de la solidité de la défense que le sieur Dage trouve dans ce S. Docteur, & que son adversaire avoit besoin d'une pareille excuse pour se donner la liberté de faire dire à S.
Augustin ce qu'il auroit désiré pouvoir découvrir dans son livre.

Conjoint

Conjoint de fe féparer de fon autre Conjoint que dans le cas d'adultere de la part de ce dernier, & que, dans ce cas, il ne pouvoit fe remarier. Il demande à S. Augustin s'il faut entendre les termes de S. Paul, qu'on vient de rapporter, en ce fens qu'ils contiennent, de la part de l'Apôtre, une défenfe de fe marier à celle qui s'eft féparée de fon mari fans caufe d'adultere, de maniere que l'Apôtre n'entendît pas reftraindre la permiffion de fe féparer à celle des deux parties qui a lieu de fe plaindre d'adultere de fon Conjoint.

S. Augustin répond à cette question jufqu'au n. 14. & il établit, par S. Paul, que la fornication eft feule caufe qui autorife le Conjoint innocent à fe féparer : que la caufe du mari dans ce cas eft la même que celle de la femme. Il leve les difficultés qui naiffent des expreffions des différents endroits de l'Evangile, ainfi que celles que lui fait Pollentius ; & il lui prouve que par-tout, & dans quelque endroit de l'Evangile où il fe reporte, la défenfe de J. C. de fe féparer l'un de l'autre eft abfolue & n'a d'exception qu'au feul cas de l'adultere.

2°. S. Augustin vient enfuite ⅟. 14. aux difficultés que Pollentius avoit fur les Inftructions que S. Paul donne ⅟ ⅟. 12, 13, &c. au Conjoint converti dont l'autre Conjoint, qu'il avoit époufé avant fa converfion, eft refté dans l'infidélité.

Pollentius penfoit (a) qu'il n'étoit pas permis à ce Conjoint fidele d'abandonner fon Conjoint infidele, parce que l'Apôtre le défend.

S. Augustin répond qu'il eft permis au Conjoint fidele d'abandonner le Conjoint infidele, parce que le Seigneur ne le défend pas ; mais que l'Apôtre avertit qu'il n'eft pas expédient de le faire par le motif qu'il en donne, qu'il peut

(a) *Tibi autem videtur infideles quoque dimitti à fidelibus non licere, quia hoc vetat Apoftolus : cùm ego dicam licere, quia hoc non vetat Dominus ; non tamen expedire, quia hoc ne fiat, monet Apoftolus : qui reddit etiam rationem cur fieri non expediat, quamvis li--ceat. Quid enim fcis, inquit, mulier, fi virum falvum facies ? aut unde fcis vir, fi uxorem falvam facies ? Cùm etiam fuperius dixiffet, fanctificatus eft enim vir infidelis in uxore & fanctificata eft mulier infidelis in fratre, hoc eft, in chriftiano ; alioquin filii veftri, inquit, immundi effent, nunc autem fancti funt. Sic ad lucrandos conjuges & filios Chrifto, etiam exemplis quæ jam prævenerant, videtur hortatus. Cur ergò non expediat etiam infideles conjuges dimitti à fidelibus, caufa evidenter expreffa eft. Non enim propter vinculum cùm talibus conjugale fervandum, fed ut adquirantur in Chriftum, recedi ab infidelibus conjugibus Apoftolus vetat.*

D

le gagner à J. C. Il rend cette raison, dans les termes de l'Apôtre ; que sçavez-vous, femme, si vous ne sauverez pas votre mari ? Et d'où avez-vous appris, homme, si vous ne sauverez pas votre femme ? Car, comme dit S. Paul, l'homme infidele est sanctifié par la femme fidele, & la femme infidele est sanctifiée par l'homme chrétien : autrement vos enfans seroient impurs, & maintenant ils sont saints. Ainsi, ajoute-t-il, l'Apôtre paroît avoir fait cette exhortation au Néophite par l'espérance qu'il a, que ce conjoint Néophite acquerra l'autre conjoint & ses enfans à J.C. Il se fonde sur les exemples qu'il en avoit déja vus.

Pourquoi donc, se demande S. Augustin, n'est-il pas expédient que le Conjoint fidele abandonne le Conjoint infidele ? Il répond, la cause en est clairement donnée par l'Apôtre. Car il ne défend pas au Conjoint fidele de se séparer du Conjoint infidele à cause du lien conjugal, qui doit toujours être gardé avec de telles personnes, mais afin de pouvoir l'acquérir à J. C.

S. Augustin fait ensuite une très-belle dissertation pour prouver qu'il y a des choses permises dont on ne doit point user par la vue d'un plus grand bien qui en peut arriver. C'est ce qui occupe ce Saint Docteur dans les ℣ ℣. qui suivent jusqu'au 22. Il observe qu'à la vérité ce n'est qu'un conseil de ne pas renvoyer sa femme, mais que ce conseil est d'un ordre bien différent de celui de ne se pas marier. Car, quoiqu'il n'y ait point de précepte de demeurer avec un Infidele, comme il n'y en a point qui oblige à la continence, on ne peut pas dire néanmoins que l'usage de cette liberté que Dieu nous a laissée, soit également indifférente dans les deux cas. Le mariage est un bien, quelquefois même plus avantageux que la continence, relativement aux dispositions des personnes ; mais il n'est point pour le prochain une occasion de chûte & de scandale, au lieu qu'il en résulteroit de très-grands inconvéniens de ce qu'un Néophite abandonneroit son Conjoint. 1°. Il scandaliseroit ses freres. *Non solùm quia perniciosissimè scandalisantur offensi.* (a)

(a) *Tunc autem non expedit id quod licitum est, quando permittitur quidem, sed usus ipsius potestatis aliis affert impedimentum salutis. Sicut est undè jamdiù loquimur, discessio fidelis conjugis ab infideli, quam non prohibet Dóminus præcepto legis, quia coram illo injusta non est ; sed prohibet Apostolus consilio caritatis, quia infidelibus affert impedimentum salutis : non solùm quia perniciosissimè scandalisantur offensi ; verùm etiam quia in alia conjugia cùm ceciderint viventibus eis à quibus dimittuntur, adulterinis nexibus colligati difficillimè resolvuntur.*

A ce premier inconvénient il y en joint un second qu'il tire de ce qu'un Conjoint abandonné, ayant passé dans un autre mariage, du vivant de celui qui l'a abandonné, sera très-difficilement ramené des liens (a) adultères dans lesquels il se seroit engagé. *Verùm etiam quia in aliâ conjugia cum ceciderint viventibus eis à quibus dimittuntur, adulterinis nexibus colligati, difficillimè resolvuntur.*

Ensuite ce S. Docteur étant revenu à appuyer sa preuve que c'est un conseil que donne l'Apôtre, Pollentius, ỳ. 25. lui fait une difficulté qui consiste à lui opposer que, tant dans l'ancien que dans le nouveau Testament, Dieu défend les mariages entre personnes désunies de religion; & il lui demande comment l'Apôtre peut conseiller à des Conjoints de religions différentes de ne se pas séparer.

S. Augustin répond qu'il ne s'agit pas ici de mariage à contracter entre un Chrétien & un Infidele; mais d'un mariage contracté dans l'infidélité par deux Infideles, & que c'est dans ce cas où S. Paul conseille au Néophite de ne se pas séparer de son conjoint infidele : *agitur non de conjungendis, sed de conjunctis ? Ambo quippè unius ejusdemque infidelitatis fuerunt quando conjuncti sunt.*

S. Augustin revient à sa question, & résoud encore quelques cas qui naissent de son principe que l'Apôtre donne un conseil qui tend à la perfection, qu'ainsi il est expédient de le pratiquer, quoiqu'il soit permis de ne le pas praquer, en quoi le conseil est différent du précepte affirmatif ou prohibitif qui ne suppose pas la permission du contraire, ce qui le conduit jusqu'au n. 31. qu'il termine en observant que le choix entre ce qui est permis (de renvoyer sa femme infidele) ou ce qui est de conseil (de ne la pas renvoyer) n'a pour objet qu'une simple séparation *à thoro* qui, dans le

(a) Que notre adversaire voie s'il pourroit concilier l'idée du second inconvénient que S. Augustin trouve dans la pratique du renvoi permis avec la maniere dont il explique les paroles *non propter vinculum*, &c. rapportées plus haut &, s'il est possible, de les rendre autrement qu'on l'a fait sans donner au texte de S. Augustin, non-seulement un sens forcé, mais sans lui faire tenir un raisonnement plein de contradiction. Car si on veut faire dire à ce S. Docteur, ỳ. 14. que l'Apôtre donne ce conseil non parce que le lien subsiste, mais afin qu'il puisse gagner son Conjoint à Jesus-Christ; comment le même saint Docteur trouvera-t-il qu'un des inconvéniens de ce renvoi, est que le Conjoint renvoyé pourra se lier par des liens adulteres. Ces deux endroits impliqueroient la contradiction la plus sensible. On a éludé cet inconvénient en évitant la voie de l'analyse. On a eu grande raison de prendre ce parti : on n'auroit pas pu se faire écouter dans le sens qu'on avoit résolu de donner aux textes de S. Augustin.

cas du renvoi, ne permettroit pas d'en époufer un autre. Cependant, dit S. Auguftin, pour quelque genre de fornication que ce foit, foit celle de la chair, foit celle de l'efprit, en quoi on entend l'infidélité, *propter quodlibet tamen fornicationis genus, fivé carnis, fivé fpiritûs ubi & infidelitas (a) intelligitur*, la femme ayant renvoyé fon mari ne peut en époufer un autre, comme le mari, ayant renvoyé fa femme, ne peut pas non plus en époufer une autre, parce que le Seigneur dit, fans exception, que fi une femme, ayant abandonné fon mari, en époufe un autre, elle eft adultere, comme tout homme qui, ayant abandonné fa femme, en époufe

Marc. 10. 11.
Luc. 16. 18. une autre, devient adultere. *Et dimiffo viro non licet alteri nubere & dimiffâ uxore non licet alteram ducere: quoniam Dominus nullâ exceptione faßâ dicit, fi uxor dimiferit virum fuum & alii nupferit, mœchatur. Et omnis qui dimittit uxorem fuam & ducit alteram mœchatur.*

Saint Auguftin pouvoit-il décider plus précifément la queftion du lien? Etoit-il poffible que ce faint Doßeur renverfât plus pofitivement l'addition que Levi fait aux paroles de faint Paul, en ajoutant que le lien du mariage eft rompu par la féparation permife au Chrétien converti dans le cas où l'autre Conjoint ne veut fe convertir.

Eod. n. 22. Mais S. Auguftin avoit regardé l'indiffolubilité du lien du mariage comme une vérité fi importante, qu'il l'avoit déja établi, dans le cours de fa Differtation, comme on l'a vu, en développant à Pollentius les raifons de fageffe qu'il trouve dans le confeil de S. Paul. Car après avoir dit que S. Paul donne ce confeil au Conjoint fidele, parce que, fe porter facilement à la féparation en ce cas, c'eft mettre obftacle à la converfion des infideles en ce qu'ils peuvent en être fcandalifés, il ajoute que c'eft même expofer le Conjoint renvoyé au danger de fe lier, par des liens adulteres, en contraßant un mariage du vivant de celui qui l'a renvoyé, & par là donner occafion à un obftacle que la paffion lui rendra très-difficile à furmonter; on a déja vu fes termes fur ce point. Mais ce qui eft important eft d'obferver avec quelle force faint Auguftin s'explique fur cette queftion: *Sed prohibet Apoftolus*

(a) Cette idée d'appeller l'infidélité fornication de l'efprit, n'eft pas particuliere à cet endroit. S. Auguftin l'avoit déja employée au n. 19. Ce S. Doßeur l'a tiré du ⅄. 27. du Pfeaume 72. *perdidifti omnem qui fornicatur abs te*, qu'il explique des Infideles.

confilio caritatis quia infidelibus affert impedimentum falutis : non folùm quia perniciofiffimè fcandalifantur offenfi, verùm etiam quia in alia conjugia cùm ceciderint viventibus eis à quibus dimittuntur, adulterinis nexibus colligati difficillimè refolvuntur.

Le fentiment de faint Auguftin eft auffi clair que la lumiere même. Le fieur Dage ne l'établit pas par des paffages détachés de textes dont ils ne faffent plus partie, & fur lefquels on puiffe répandre de l'équivoque, par ce qui précede & ce qui fuit; c'eft par un Livre entier dont il rend l'analyfe & dans lequel S. Auguftin fuit fa queftion avec toute la force de la dialectique la plus exacte, & fans s'écarter un moment de l'Ecriture-Sainte qu'il ne perd pas de vûe. Mais ce que le fieur Dage prie fur tout d'obferver, c'eft que l'argument qui réfulte en fa faveur de la décifion de S. Auguftin eft d'une force telle qu'on ne peut rien oppofer qui l'infirme, à moins qu'on n'eût une décifion de l'Eglife univerfelle qui eût décidé le contraire.

En effet il ne faut pas confidérer S. Auguftin fur cette matiere comme un auteur à qui il feroit échappé une phrafe en paffant, ni même le mettre à niveau d'un Pere particulier qui auroit dit fon avis; S. Auguftin étoit la lumiere de l'Eglife pour défendre le mariage contre les attaques que les Manichéens lui ont livré. Il faifoit en cela le même perfonnage qu'il a fait contre les Pélagiens, auffi eft-ce par cette raifon que Pollentius s'adreffoit à lui, & le confultoit. L'adverfaire du fieur Dage ne fe diffimule pas la force de ce témoignage contre lui. C'eft ce qui l'a porté à redoubler d'efforts pour tâcher d'obfcurcir, parce qu'il ne pouvoit écarter, ce fuffrage, dont l'autorité l'effraie. Au refte il fera très-aifé de lui répondre par les principes du même faint Auguftin, il n'eft point d'Auteur plus fyftêmatique & il n'en eft par conféquent point chez qui en trouve plus facilement réponfes à toutes les difficultés qui peuvent naître de la profondeur des matieres qu'il traite, le fieur Dage fe contentera de renverfer celles que fon adverfaire lui a faites à l'Audience. Il y donnera d'avance des principes pour réfoudre les objections que peut-être on fe réferve à lui oppofer dans le Mémoire qu'on doit produire.

Si on lui objecte, par exemple, que S. Auguftin avoue à la fin de fon premier Livre *de adulterinis conjugiis*, que cette matiere du mariage eft très-difficile & très-obfcure, & qu'il

ne se flatte pas d'en avoir résolu toutes les difficultés. C'est
l'observation que fait Estius, qui, bien différent de l'adversaire du sieur Dage, n'auroit pas osé avancer, comme on l'a
fait, que S. Augustin ne soutenoit pas l'indissolubilité du
mariage des infideles dans le cas dont il s'agit dans la Cause.

On répondra qu'il est très-ordinaire de trouver cette observation à la fin des Livres de S. Augustin. Ce profond génie,
ce sçavant homme étoit d'une humilité qu'on ne peut se lasser
d'admirer. Il en dit autant dans des Ouvrages dont la doctrine
a été adoptée par l'Eglise même dans les Conciles : ainsi
qu'en peut-on conclure contre le sieur Dage ? Prétend-on
que S. Augustin s'est trompé ? Qu'on produise un article tiré
des rétractations de ce saint Docteur. Ce seroit la meilleure
réponse à faire. La matiere est difficile sans doute, mais
plus elle est difficile, plus il convenoit à saint Augustin de
la traiter. Au reste ce Pere n'hésite pas à décider l'indissolubilité
du lien du mariage dans le cas de séparation de l'infidele. Il l'é-
tablit dans les termes & de la maniere la plus expresse. C'est
en particulier son objet dans le second Livre qu'il adresse
au même Pollentius, où il répond à l'objection qu'il lui a
faite que l'adultere étoit une image de la mort naturelle
& qui en avoit le même effet pour dissoudre le mariage.
S. Augustin montre que c'est un sophisme & le renverse par
des argumens sans réplique. Le sieur Dage se dispensera, pour
abréger, de recueillir toutes les autres décisions qu'il trouveroit de la même vérité dans les autres Ouvrages de ce saint
Docteur. C'est sur-tout dans le Livre qu'il vient d'analyser,
qu'il faut chercher la doctrine de ce Pere, puisque c'est-là où
il la traite par systême, & d'ailleurs il trouveroit, dans tous
les Ouvrages de S. Augustin, cette vérité démontrée avec la
même solidité.

S'imagineroit-on que de ce corps de systême si lié, si conséquent, dans lequel le saint Docteur établit si fortement &
en deux endroits, l'indissolubilité du lien dans le cas
dont il s'agit dans la Cause, l'adversaire du sieur Dage prétend en tirer une partie de phrase & l'opposer
en difficulté pour soutenir que Saint Augustin regarde
le lien comme dissous. La Cour se rappelle que ce saint
Docteur établit & démontre que celui qui, dans le cas de
fornication spirituelle ou d'infidélité, se sépare & en épouse

un autre est adultere. Elle a remarqué, dans S. Augustin, que, si S. Paul donne le conseil au Conjoint converti de ne se pas séparer, c'est entr'autres motifs, par la crainte que le Conjoint infidele n'aille se remarier, &, par une conjonction qu'il qualifie adultere, ne mette un plus grand obstacle à son salut. Cependant on imagine que, ce grand Docteur, cet esprit si juste & si conséquent, a établi, dans la même Dissertation, que le lien est dissous dans ce cas. Il faut donc qu'on soutienne que S. Augustin s'est contredit. Mais voyons les termes qu'on nous oppose. Il sont au ỳ. 14: *Non enim propter vinculum cum talibus conjugale servandum, sed ut acquirantur in Christum, recedi ab infidelibus conjugibus Apostolus vetat.* C'est ainsi que l'adversaire du sieur Dage traduit cette partie de phrase. Si S. Paul donne ce conseil, ce n'est pas que le lien conjugal soit conservé, mais pour donner lieu au Conjoint infidele de se convertir.

Il est bien étonnant que le sieur Dage soit obligé de revenir sur ses pas pour une pareille difficulté, mais il ne peut négliger d'y répondre, afin d'engager son adversaire à relire au moins son texte.

Pollentius s'imaginoit que l'Apôtre défend de renvoyer le Conjoint infidele. S. Augustin lui prouve, par S. Paul, qu'il se trompe, qu'il est permis au Conjoint converti de se séparer du Conjoint infidele, mais qu'il est de conseil de ne le pas faire, afin de contribuer à son salut. Il l'établit par cette belle maxime de S. Paul, *quid enim scis, mulier, si virum salvum facies,* &c. & par cette autre, *sanctificatus est enim in uxore* &c. par lesquels il observe que l'Apôtre exhorte à gagner ce Conjoint à Jesus - Christ. Ensuite il se demande pourquoi donc n'est-il pas expédient au Conjoint fidele de renvoyer le Conjoint infidele, & il répond : la cause en est évidemment exprimée dans S. Paul. Cet Apôtre n'exhorte pas le fidele à demeurer uni au Conjoint infidele à cause d'un lien conjugal qui doit toujours être gardé, mais pour qu'il l'acquierre à J. C. *Non enim propter vinculum cum talibus conjugale servandum.* Il faut remarquer que S. Augustin ne dit pas *non enim ad servandum vinculum,* ce n'est pas pour garder le lien, mais *non propter vinculum cum talibus conjugale servandum*; ce qui ne signifie autre chose, que ce n'est pas à cause du lien conjugal qui doit toujours être gardé. C'est comme s'il disoit : Vous prétendez, vous Pollentius, que S. Paul défend de se féparer des infideles, & par conféquent que j'ai tort de dire feulement qu'il confeille de ne s'en pas féparer quoiqu'on le peut. Vous êtes touché du lien, mais remarquez que, quoique le lien fubfiste, il ne remplit pas les vues de l'Apôtre qui va jufqu'à confeiller la demeure commune, & en effet c'eft l'habitation commune & non le lien qui met le Conjoint fidele en état d'édifier fon Conjoint infidele & de lui être utile. D'ailleurs il eft fi certain que tel eft le fens de S. Auguftin, dans ces paroles, que ce S. Docteur examinant huit verfets plus bas les inconvéniens de prendre un parti contraire à celui que l'Apôtre confeille, non-feulement eft frappé du fcandale qui réfulteroit de cette conduite, mais trouve même que la féparation *à thoro* expofe le Conjoint idolâtre renvoyé à fe lier par un nouveau mariage qui feroit un adultere lequel rendroit fa converfion plus difficile : *verùm etiam quia in alia conjugia cùm ceciderint viventibus eis à quibus dimittuntur adulterinis nexibus colligati difficillimè refolvuntur.* On croit que c'eft affez s'étendre fur une difficulté fi mince, fingulierement quand on voit que S. Auguftin dit & répete fi précifément que, dans le cas du renvoi de l'infidele, ni la partie qui renvoie, ni celle qui eft renvoyée, ne peuvent fe remarier fans adultere. Ce Pere ne pouvoit décider plus clairement la fubfiftance du lien. D'ailleurs il eft impoffible aux Scholaftiques du fentiment contraire, de rendre autrement l'analyfe de ce livre, à moins qu'ils ne veuillent, en imitant l'adverfaire du fieur Dage, s'expofer à un démenti de tout Lecteur tant foit peu intelligent. Il y a plus, loin que le paffage puiffe être entendu dans le fens qu'on veut lui donner, il s'enfuit au contraire très-clairement de fes termes mêmes la fubfiftance du lien.

Enfin la derniere difficulté qu'on s'appliquera à réfuter, c'eft celle qu'on éleve de ce que dit faint Auguftin au nombre 28 de fon Livre *De Fide & operibus*, où ce faint Docteur dit qu'un mari converti, avec qui fa femme infidelle ne veut pas cohabiter, s'il a fait pénitence quand il vient au Baptême, fera plus lié par l'amour de la grace que par celui de fa femme, *& membrum quod eum fcandalifat fortiter amputat.*

La réponfe à cette difficulté eft que cette amputation du membre infidele qui fcandalife le Néophite ne s'entend que de la féparation *quoad thorum*. En effet S. Auguftin regardant

le

le lien du mariage comme subsistant dans le cas de l'infidélité tomberoit-il dans l'absurdité de dire en ce cas au Néophite, qu'il doit rompre son mariage ?

1°. La rupture du lien n'est point l'ouvrage de l'homme. 2°. C'est une conduite qui lui est prescrite, semblable à celle que Jesus-Christ ordonne lorsqu'il dit de s'arracher les yeux, la main, &c. en un mot tous les objets de scandale, ce qui ne signifie autre chose sinon de s'en séparer, de fuir toute occasion de rencontrer de pareils objets.

D'ailleurs qu'on jette les yeux sur le Livre de S. Augustin contre Adimant, & sur la derniere des 83 questions que ce saint Docteur examine ; (VI. Volume de l'Edition des Bénédictins.) on verra dans le premier, que S. Augustin, expliquant le chapitre 19 de S. Matthieu & le chapitre 5, où il s'agit d'adultere, dit que S. Paul parle encore d'une autre cause de séparation pour les conjoints, c'est de celle qui se fait par un infidele converti avec qui sa femme ne veut pas cohabiter en haine de la religion, & il conclud sa comparaison en disant que la femme est unie à l'homme pour mériter ensemble le Royaume des Cieux, & que Dieu ordonne de l'abandonner si elle est un obstacle à ce que le mari puisse l'obtenir. On remarquera, dans la quatrevingt-troisième question, que S. Augustin dit que quand l'Evangile observe qu'il n'y a qu'une raison d'abandonner sa femme il parle de Chrétiens mariés, mais qu'il y en a une autre pour celui qui se convertit étant uni à une infidelle qui ne veut cohabiter avec lui sans haine de la Religion. Or, mettant en comparaison ce que doit faire le Néophite à l'égard de sa femme infidelle qui refuse de cohabiter, avec l'abandon qui se fait au cas d'adultere, qui peut dire que ce soit pour parler d'une autre séparation que celle qui regarde l'habitation, dès qu'il ne peut être question d'aucune autre dans le cas de l'adultere qui est l'objet comparé ? Enfin il en faut toujours revenir au principe : Si la femme infidelle veut bien habiter avec le mari fidele, il peut la renvoyer, & fera cependant mieux de la garder ; si elle ne veut pas cohabiter avec lui, il n'a plus à choisir, il faut qu'il la renvoie, mais ni lui ni elle ne peuvent se remarier : il n'y a que la séparation *quoad thorum* qui lui soit permise : *& dimisso viro non licet alteri nubere, & dimissâ uxore non licet alteram ducere, quoniam Dominus, nullâ exceptione factâ, dicit : Si uxor dimiserit virum suum & alii nupserit, mœchatur, & omnis qui*

E

dimittit uxorem suam & ducit alteram mœchatur.

Il est donc clair, il est donc démontré, par S. Augustin, que la doctrine de ce saint Docteur, on peut dire, que la doctrine de l'Eglise contre les Manichéens est que le mariage est indissoluble, & que s'il y a des cas où il puisse y avoir lieu à séparation, comme celui de l'adultere & celui de l'infidélité, cette séparation n'intéresse que la cohabitation, mais ne touche en rien au lien qui subsiste toujours & ne peut jamais être rompu.

S. Basile, qui vivoit vers le même temps, enseignoit, dans l'Eglise Grecque, la même doctrine sur l'indissolubilité du mariage contracté dans l'infidélité. C'est dans sa premiere Epitre Canonique à S. Amphiloque, Epitre qui mérite d'autant plus d'attention qu'elle ne renferme pas son sentiment particulier, mais contient des Canons de son Eglise qu'il rapporte. Ce saint Docteur ne distingue point entre les mariages des fideles & ceux des infideles; il établit indistinctement que les uns & les autres sont indissolubles; il observe que la Coutume ne permettoit pas aux femmes de se séparer d'un homme infidele, ses termes sont importans: *immò verò ab infideli viro non jussa est mulier separari*, qu'elle doit demeurer avec lui, à cause de l'événement incertain s'il ne se convertira pas, & il ne s'en tient pas à conclure que celle qui se sépare peche contre la coutume, il passe à une vérité plus importante, en disant qu'elle commet un adultere si elle se joint à un autre homme. *Quare quæ reliquit est adultera, si ad alium virum accessit.*

Si, selon ce saint Docteur, cette femme ne pouvoit se remarier sans commettre un adultere; il pensoit donc que le lien du mariage ne pouvoit être rompu par l'infidélité persévérante de son mari. Cet évenement incertain, s'il ne se convertira pas, dure en effet tant que son mari est vivant. D'ailleurs, dès qu'elle est adultere, en se remariant, il est certain que le lien subsiste toujours malgré l'infidélité de l'autre Conjoint. C'est le point décisif dans cette Cause. On voit même que le saint Docteur porte un pareil jugement de ces femmes, que de celles qui auroient des maris adulteres. Or il condamne ces dernieres comme adulteres lorsqu'elles s'unissent à un autre homme, parce, dit-il, qu'aucune raison ne peut autoriser une femme à rompre le mariage: *Crimen attingit mulierem quæ dimisit, quamlibet ob causam à conjugio discesserit.*

Can. 1. Ep. 188. de l'éd. des Bénédict.

On objectera que , dans cet endroit de S. Basile , il ne s'agit que de l'adultere & non de l'infidélité.

Le sieur Dage en convient. il n'est pas moins vrai que ce S. Docteur, en exposant la coutume de son Eglise sur l'adultere, établit sur l'infidélité les principes que nous avons prouvé. 1°. Que l'infidélité n'est pas une cause de séparation. 2°. Que l'adultere ne donnant pas lieu à la dissolution du mariage, on doit porter le même jugement du cas de l'infidélité où l'infidele ne consent cohabiter avec son Conjoint converti.

Pour sentir cette vérité , il faut se rappeller ce que le sieur Dage a remarqué dans S. Chrysostome : l'adultere est opposé au mariage , l'infidélité n'y est pas opposée, l'adultere attaque le contrat, l'infidélité ne l'attaque pas. Aussi la séparation *quoad thorum* est-elle permise dans l'Evangile au cas de l'adultere : c'est un principe de J.C. & au contraire l'Apôtre établit, au sujet de l'infidélité, que ceux qui , lors de leur conversion, se trouvent mariés , doivent demeurer avec leur femme infidele : *Unusquisque in quâ vocatione vocatus est in eâ permaneat.* En supposant ces vérités sur lesquelles les PP. Grecs ont singulièrement insisté , nous pouvons dire que , dans les principes des Peres de cette Eglise il ne faut pas argumenter en général d'un cas à l'autre. 1. Cor. 7. 20.

Il est vrai que les Peres Grecs trouvent de la comparaison dans celui où le Conjoint infidele ne veut pas cohabiter : *Ille enim* , dit S. Chrysostome, *causam præbuit sicut & is qui fornicatus est* ; de sorte qu'on avouera que , dans ce cas seul, qu'ils comparent, ceux des Grecs qui admettent que l'adultere est une cause de rupture du mariage , pourront penser par conséquent que l'opiniâtreté de l'infidele pourra également donner lieu à sa dissolution. Mais ces Peres sont conduits à ce principe , par la permission que la plupart d'entr'eux croient trouver dans l'Evangile de se séparer *quoad vinculum* au cas de l'adultere attendu la rupture du mariage qu'ils pensent produite par ce crime. Ainsi la différente maniere d'entendre l'Evangile sur l'adultere entre les Peres Grecs & les Peres Latins , on doit ajouter même (par rapport aux Canons de S. Basile) la différence que les Loix civiles ont mises entre le mari & la femme à l'égard de l'adultere , ont produit entr'eux une diversité de sentimens sur l'infidélité dans le In prima ad Cor.

cas de l'opiniâtreté du Conjoint infidele dont l'autre Conjoint s'eſt converti.

S. Auguſtin met ces deux cas en comparaiſon, & comme ce Pere, ainſi que toute l'Egliſe Latine, reconnoît que, ſuivant la foi de cette Egliſe, l'adultere ne donne droit à la ſéparation que *quoad thorum*, il en conclud d'après les mêmes principes, que la ſéparation, qui a lieu dans le cas de l'infidélité, n'eſt que *quoad thorum. Propter quodlibet tamèn fornicationis genus ſive carnis ſive ſpiritûs ubi & infidelitas intelligitur, & dimiſſo viro non licet alteri nubere, &c.*

Telles ſont les obſervations générales. Voyons ce qu'il y a lieu d'en conclure à l'égard des Canons de S. Baſile que nous examinons.

C'eſt un principe établi dans ces Canons, que la coutume ne permettoit pas aux femmes de ſe ſéparer de leur mari même adultere (*a*): *Conſuetudo autèm etiam adulteros viros & in fornicationibus verſantes, jubet à mulieribus retineri*... Et même on y tire ce principe de ce que le lien du mariage retient les femmes unies à leur mari en tout temps. *Crimen enim hîc attingit mulierem quæ virum dimiſit quânam de cauſâ à conjugio diſceſſerit*. On détaille enſuite tous les cas qu'on peut prévoir : celui où leur mari les maltraiteroit : *Sive enim percuſſa plagas non ferat, ferre ſatius erat quam à conjuge ſeparari ;* celui où il conſumeroit leur bien : *Sive damnum in pecuniis non ferat ne hæc quidem juſta excuſatio ;* celui où il ſeroit adultere ou infidele. En un mot on y établit qu'il n'y a aucun cas où elle puiſſe s'en ſéparer. *Sin autèm, quoniam ipſe vivit in fornicatione, non habemus hanc in eccleſiaſticâ conſuetudine obſervationem, immò verò ab infideli viro non juſſa eſt mulier ſepararī, ſed propter eventum incertum remanere.*

Ainſi il n'y a aucune cauſe de ſéparation pour les femmes ;

S. Baſ. 188. à S. Amphil. p. 271. tom. 3.

(*a*) *Conſuetudo autèm etiam adulteros viros & in fornicationibus verſantes, jubet à mulieribus retineri. Quare quæ unà cum viro dimiſſo habitat, neſcio an poſſit adultera appellari. Crimen enim hîc attingit mulierem, quæ virum dimiſit, quânam de cauſâ à conjugio diſceſſerit, ſive enim percuſſa plagas non ferat, ferre ſatius erat quam à conjuge ſepararī : ſive damnum in pecuniis non ferat, ne hæc quidem juſta excuſatio : ſin autèm, quoniam ipſe vivit in fornicatione, non habemus hanc in Eccleſiaſticâ conſuetudine obſervationem, immò verò ab infideli viro non juſſa eſt mulier ſepararī, ſed propter eventum incertum re-*

1. Cor. 7. 13 & 16.

manere. Quid enim ſcis, mulier, an virum ſalvum fis faætu? Quare quæ reliquit eſt adultera ſi ad alium virum acceſſit: qui autèm reliætus eſt dignus eſt venit & quæ unà cum eo habitat non condemnatur. Sed ſi vir, qui ab uxore diſceſſit acceſſit ad aliam, eſt & ipſe adulter, quia facit ut ipſa adulterium committat & quæ unà cum ipſo habitat, eſt adultera, quia alienum virum ad ſe traduxit.

l'adultere ne les autorife pas : l'opiniâtreté du Conjoint infidele n'eft pas non plus une raifon de le quitter. Voilà les principes de l'Eglife Grecque à l'égard des femmes, ce font auffi ceux de l'Eglife Latine, relativement aux deux Conjoints.

De cette uniformité de principes dans le cas de l'adultere & dans celui de l'infidélité, lorfque le Conjoint infidele ne confent habiter avec le Conjoint Néophite, le fieur Dage concluera d'abord que Levi fe trouvant condamné par l'Eglife Grecque ainfi qu'il l'eft par l'Eglife Latine, il n'a pas droit de regarder fon mariage comme rompu. Car dès qu'il eft certain, par la décifion (a) du Concile de Trente, que l'adultere ne donne pas lieu, dans l'Eglife Latine, à la rupture du lien, il s'enfuit par conféquence que Saint Bafile & Saint Chryfoftome, bien plus ceux des Peres Grecs qui ont regardé l'adultere comme diffolvant le mariage en tout cas, condamnent Levi à ne pouvoir prétendre la diffolution de fon mariage quand même la circonftance de l'opiniâtreté de fon Conjoint à ne vouloir cohabiter avec lui feroit auffi certaine qu'il veut le faire imaginer ; & il n'a d'autre voie permife, pour éviter les fcandales de fa femme, que de demeurer féparé d'elle.

Mais il y a plus, c'eft que S. Bafile trouve cette uniformité de principes dans S. Paul, puifqu'il ajoute que le Conjoint Néophite doit demeurer, à caufe de l'incertitude de l'événement, & fe fert même, pour rendre fa penfée, des termes de l'Apôtre : *Quid enim fcis, mulier, an virum falvum fis factura?* [1. Cor. 7. 13. & 16.]

Et qu'on ne nous dife pas que cela n'a lieu qu'au cas où la partie infidele confent habiter, puifque S. Bafile dit à la femme que fi elle quitte fon mari & qu'elle fe remarie, ou que, fi étant même abandonnée de fon mari elle fe remarie, en un mot dès qu'elle paffe à de nouvelles nôces elle eft adultere, *quare quæ reliquit eft adultera fi ad alium virum acceffit* : voilà le cas de la femme qui abandonne fon mari, *fed vir qui ab uxore difceffit, acceffit ad aliam, eft & ipfe adulter,*

(a) *Si quis dixerit Ecclefiam errare, cùm docuit & docet juxtà Evangelicam & Apoftolicam Doctrinam, propter adulterium alterius conjugum matrimonii vinculum non poffe* Seff. 24. Can. *diffolvi & utrumque vel etiam innocentem, qui caufam adulterio non dedit, non poffe, altero* 7. *conjuge vivente, aliud matrimonium contrahere, mæcharique eum, qui, dimiffâ adulterâ, aliam duxerit, & eam quæ, dimiffo adultero, alii nupferit. Anathema fit.*

quia facit ut ipsa adulterium committat : il s'agit ici de celle qui est abandonnée, elle devient adultere en se remariant, *quia facit ut ipsa adulterium committat.*

Or nous avons vu que dans les Canons de S. Basile en toute circonstance où l'adultere ne dissout pas le mariage, il y a conformité de principes sur l'infidélité : que c'est par le principe, qui a lieu à l'égard de l'adultere, qu'on y décide ce qui regarde l'infidélité; par conséquent dès qu'il n'y avoit aucun cas où la femme pût regarder son mariage comme rompu, selon les Canons de S. Basile, il n'y en devoit non plus avoir aucun où l'infidélité de son mari fût pour elle une cause de dissolution du lien.

L'adversaire du sieur Dage aura recours à dire : tout ceci est vrai pour la femme, mais j'invoque la discipline des Canons de S. Basile en ma faveur, ils sont favorables au mari.

Le Sr Dage ne prétend pas & n'a jamais prétendu faire des raisonnemens aussi précis contre le systême de son adversaire d'après les principes des Peres Grecs que d'après ceux des Peres Latins. Ainsi 1°. il ne dira pas, que dans toute l'Eglise Grecque, ainsi que dans toute l'Eglise Latine il est reconnu que l'adultere ne donne aucune atteinte au lien. 2°. Il n'ajoutera pas ; les Peres Grecs comme les Peres Latins, ayant examiné le cas d'un mari abandonné par sa femme pour cause d'infidélité, comme vous prétendez être abandonnée par la vôtre, ont décidé *in terminis* qu'il ne peut se séparer que *quoad thorum* comme une partie innocente ne peut se séparer que *quoad thorum* de la partie adultere. Mais encore une fois il prétend que l'Eglise Grecque condamne précisément Levi en ce qu'elle établit universellement les mêmes principes sur l'adultere & sur l'infidélité dans le cas où le Conjoint infidele ne consent habiter. Ce qui fait la majeure d'un raisonnement décisif contre Levi. Il n'y a que cette mineure de l'argument à ajouter. Or l'Eglise Latine ne regarde l'adultere que comme une cause de séparation *à thoro :* donc selon S. Basile, selon S. Chrysostome, bien plus, selon tous les Grecs, dès que vous êtes dans Eglise Latine, vous ne pouvez vous remarier quand votre femme restante dans l'infidélité ne voudroit cohabiter. 2°. Il soutient que S. Basile est décidé contre Levi dans le sens que ce dernier donne à S. Paul, puisque Levi explique le passage de l'Apôtre de maniere à y trouver un droit de séparation autre que celle que l'Eglife Latine reconnoît dans la circonftance de l'adultere ; au lieu que S. Bafile n'admet d'autre féparation que celle qui a lieu dans ce dernier cas. Par conféquent il eft vrai de dire que le fyftême de Levi eft précifément condamné par S. Bafile.

Le fieur Dage obfervera en terminant cet article, 1°. que l'on peut tirer les mêmes conclufions des principes de S. Chryfoftome dans le fyftême de ceux qui prétendent que ce Pere regarde l'adultere comme caufe de rupture du lien : 2°. que fi les Canons, que rapporte S. Bafile, & qu'il appelle la coutume, font inexacts à l'égard des hommes en ce qu'ils ne les puniffent pas même dans le cas d'adultere comme ils condamnent la femme, la coutume venoit de ce que les Loix civiles de Conftantin, d'Honorius, de Théodofe & de Juftinien même, avoient été trop faciles contre les maris. Au refte, S. Bafile (a) s'eleve contre cette coutume qu'il rapporte, la regarde comme une exception condamnable oppofée à la loi de Dieu, & par conféquent aux principes de l'Apôtre, & S. Grégoire (b) de Nazianze la condamne en termes bien plus formels. On a rapporté plus haut les obfervations des Peres fur ce point. On les a préfentés tous réunis par un mutuel concert contre ces loix dont ils demandoient la réformation, comme expofant les fideles à fe perdre éternellement malgré la tolérance, qu'elles contenoient de crimes que la loi de Dieu condamne, & qu'il punira lui-même.

Leg. 1. tit. 16. liv. 3.

Si on confulte Théophilacte difciple de faint Chryfoftome, dont il n'eft fouvent que l'abbréviateur, felon la remarque du Cardinal Bellarmin, on le trouve parfaitement d'acord avec les Peres qu'il a cités. Son texte eft des plus précis. Rien n'eft plus étonnant que d'entendre l'adverfaire du fieur Dage le revendiquer en fa faveur. Mais

Il étoit Archevêque des Bulgares, il vivoit à la fin du onzieme fiecle. Defcript Ecc.

(a) *Æquè viris & mulieribus convenit fecundum fententiæ confequutionem quod à Domino pronunciatum eft non licere à matrimonio difcedere nifi ob fornicationem. Confuetudo autem non ita fe habet, &c.* Ep. 188. à S. Amphiloq. can. 9.

(b) *Quid caufæ fuit cur mulierem coerceret marito contra indulgeret ? Et mulier quidem quæ improbum confilium adverfus viri fui cubile fufceperit, adulterii piaculo conftringatur, in acerbiffimifque legum pænis excrucietur ; vir autem, qui fidem uxori datam per adulterium violaverit, nulli fupplicio obnoxius fit ? Hanc legem haud quaquam probo, hanc confuetudinem minimè laudo. Viri erant, qui hanc legem fanxerunt, ac propterea adverfus mulieres lata eft. Et comme il dit enfuite : unus viri & mulieris creator ; pulvis unus uterque, imago una, lex una, mors una, refurrectio una.*

S. Greg. or. 31. tom. 1. p. 50.

Théophilacte n'eſt pas le premier de ceux qu'il a cités par qui il ſe ſoit vu déſavoué.

Cet Auteur décide préciſément que, quoiqu'il ſoit permis à une femme de ſe ſéparer de ſon mari, ou à un mari de ſe ſéparer de ſa femme, qui ne veut pas le laiſſer tranquille dans la religion, cependant le lien qui les unit n'eſt pas plus rompu que le lien du fils ou du pere par la néceſſité où il met celui qui eſt obligé de s'en ſéparer. *Sed hinc non convincitur quod ſit ſolutum vinculum conjugale, ſicut non ſolvitur vinculum filiale aut paternum.*

In Epiſt. ad Cor. ch. 7.

Il eſt vrai que cet Auteur, qui vivoit vers le temps où Gratien a compoſé ſon Decret qui a accrédité le ſyſtême qu'on nous oppoſe, voyoit de ſon temps un grand nuage répandu ſur cette queſtion. Auſſi avoue-t-il que beaucoup d'Auteurs, & même que l'Egliſe Grecque de ſon temps, au milieu de laquelle il vivoit, étoient d'avis que la Partie fidelle peut ſe remarier. Mais il s'éleve contre leur ſentiment & ſoutient qu'ils n'ont pas pris le ſens de l'Apôtre, qui n'a point entendu donner atteinte au lien du mariage : *etſi præciſé in materiâ conjugii intelliguntur, in promptu eſt litteralis ſenſus quod in hujuſmodi diſceſſibus non eſt ſervituti morem gerendi conjugi ſubjectus frater aut ſoror, chriſtianus aut chriſtiana conjux, ſed hinc non habetur ſolutio conjugii ut patet.*

Avant de deſcendre plus bas dans l'ordre des temps, nous trouvant arrivés au ſiécle de Gratien, nous croyons devoir examiner la diſcipline de l'Egliſe des dix premieres ſiecles, & prouver qu'elle ſe trouve d'accord avec la doctrine des Peres. Cet objet eſt d'autant plus important, que c'eſt le meilleur moyen de convaincre notre adverſaire de l'inutilité des efforts qu'il fait pour perſuader à la Cour qu'il a en ſa faveur la diſcipline de tous les temps.

Il eſt certain que celle des dix premiers ſiecles eſt parfaitement conforme au ſentiment des Peres ſur ce point. Qu'on parcoure tout cet eſpace de temps en commençant aux Apôtres ; qu'on ſe reporte même, pour plus d'exactitude, juſqu'aux ſources, aux Hiſtoriens qui donnoient les annales de leur temps ; qu'on liſe Euſebe, Sulpice Severe, Théodoret, Socrate, Sozemene, Nicephore, tous les Hiſtoriens Eccléſiaſtiques ; qu'on nous y produiſe des Fideles convertis qu'on ait fait ſéparer de leurs femmes qui reſtoient dans l'infidélité. On devroit en trouver un très-grand nombre, ſi tel

étoit

étoit l'ufage de l'Eglife dans les dix premiers fiecles. Qu'on en cite une perpétuité d'exemples, c'eſt ce qu'on fait, fur les points réellement en uſage dans la diſcipline de ces fiecles : un fait iſolé, quelques faits même ne prouveroient pas l'uſage d'une diſcipline reçue dans un corps auſſi vaſte que celui de l'églife, il en faudroit un certain nombre qui euſſent même été approuvés.

On en rencontre depuis que le nouveau ſyſtême a pris naiſfance. On en trouve un (a) chez les Grecs dans le douzieme fiecle rapporté par Balſamon arrivé ſous l'Empereur Comnene. Encore voit-on que le Concile de Florence en fait des reproches aux Grecs. Par quelle fatalité n'en trouve-t-on pas avant, & faut-il toujours deſcendre dans les 12, 13, 14, 15 fiecles pour les découvrir ?

En 1142.

D'ailleurs, dans les derniers fiecles dont on vient de parler, & où on les cite, il n'en échappe preſque aucun quoiqu'ils y fuſſent beaucoup plus rares, l'Eglife ayant réunis dans ſon ſein la plupart des Infideles qui l'environnoient. Et pendant les premiers fiecles de l'Eglife, où il arrivoit ſans ceſſe des converſions d'Idolâtres, où la lumiere du Soleil de Juſtice éclairoit une multitude de maris ou de femmes dont les Conjoints reſtoient dans l'infidélité, on n'a aucun exemple à nous rapporter. Eſt-ce donc inexactitude dans les Hiſtoriens ? Mais les faits les plus minces y ſont recueillis, & cependant on ne trouve pas d'exemple de la conſéquence de ceux-ci.

Il faut avouer que, quand on en eſt réduit à cette diſette, on n'a pas de quoi ſe flatter pour ſon ſentiment.

D'ailleurs, il eſt d'autant plus intéreſſant d'inſiſter ſur ce point que, dans le nouveau ſyſtême, on veut établir une exception à l'indiſſolubilité du mariage qui eſt un principe de foi.

Pour établir une exception de cette conſéquence, il faudroit répandre la plus grande lumiere ſur ſa certitude. A parler rigoureuſement, ce n'eſt pas au ſieur Dage à prouver, il a le principe en ſa faveur ; c'eſt à ceux qui veulent faire breche à ce principe à établir, à démontrer, à pouſſer au dernier point d'évidence, l'exception qu'ils veu-

(a) Sous l'Empereur Comnene, le Patriarche de Conſtantinople ſépara un Officier de l'Empereur nouvellement converti d'avec ſa femme, parce qu'elle ne vouloit pas recevoir le Baptême.

F

lent introduire. Quoi ! on exercera la plus févere critique
contre un Hiſtorien qui nous avance un fait nouveau, ou
dont on n'apperçoit pas les preuves, & on écoutera de ſang
froid un homme qui vient dire ce que n'oſent avancer la
plupart des Scholaſtiques ſur leſquels il s'appuie : qu'on a
reconnu de tout temps, une exception à l'indiſſolubilité du
mariage, que c'eſt la diſcipline de l'Egliſe de tous les ſiecles,
pendant qu'à l'aide du plus léger examen on le découvre
en défaut ſur les dix premiers ſiecles, où il n'a pas un fait
à vous citer en preuves, où les Peres, & ſur-tout ceux de
l'Egliſe Latine, le contrediſent.

Bien plus, quand on examine la ſource d'une idée ſi ſinguliere, c'eſt la bévue d'un Canoniſte qui, ſelon le Cardinal Bellarmin, a fait les plus lourdes mépriſes, qui, ſelon le
témoignage du célebre Hiſtorien l'Abbé de Fleuri, eſt le principe des opinions ultramontaines qui ont enveloppé des Royaumes entiers, & dont la France, à l'aide de ſes libertés, eſt à
peine débarraſſée.

Mais veut-on que cette idée ait acquis la preſcription ?
ç'en ſeroit une d'un ſingulier genre. Quoi ! preſcription du
droit de faire croire des principes faux ? Tous les ſiecles
ne les rendroient pas vrais.

D'ailleurs dès qu'on découvre que cette idée coule d'une ſource auſſi vicieuſe, cela ſuffit pour qu'elle ne mérite aucune foi.

Que Levi n'invoque donc plus la tradition & la diſcipline. Les Peres, les Hiſtoriens des dix premiers ſiecles lui
donneront le démenti ; les premiers en contrediſant ſes principes, & les derniers en déclarant, par leur ſilence, qu'ils
en méconnoiſſent la pratique.

Il ne lui reſte qu'une reſſource, c'eſt de découvrir un
Concile général qui ait décidé en ſa faveur. Pour lors il tiendra le langage qu'on tient ſur tant d'autres points définis
dans des Conciles des ſiecles reculés. On a eu la liberté
d'opinions juſqu'à tel temps où l'Egliſe a décidé. Voici ſes
termes auxquels tout catholique doit ſouſcrire. Mais s'il n'y a
point de déciſion de l'Egliſe, nous voilà donc revenus à examiner ce que les Peres, ce que les Auteurs des dix premiers
ſiecles en ont penſé. Or le ſieur Dage l'a démontré, & c'eſt
ce qui doit nous fixer. Les Peres ont condamné l'idée de
Levi ; ils ont méconnu une exception à un principe qu'ils ont
regardé comme inconteſtable : auſſi l'uſage de leur temps ne

se trouve-t-il obscurci par aucun fait qui dépose contre leur sentiment. La discipline de dix siecles confirme ce qu'ils avancent. Le nouveau systême est un hors d'œuvre, un point étranger à la doctrine de l'Eglise, opposé à son esprit, désavoué par nos maximes.

Le sieur Dage pourroit passer à sa seconde proposition sans s'arrêter aux difficultés que son Adversaire oppose à la Tradition qu'il réclame, il lui seroit également indifférent de ne pas répondre aux prétendues autorités qu'il a présentées à l'appui de son idée. Cependant, pour ne pas laisser subsister le moindre nuage, il va s'y appliquer de la maniere la plus précise.

La premiere autorité qu'invoque Levi est tirée d'un passage de S. Ambroise sur S. Luc. On a observé de faire remarquer que ce n'est pas l'Ambrosiaste: la remarque étoit importante pour quelqu'un qui, à la premiere Audience, étoit tombé dans cette méprise.

Pour cette fois le sieur Dage ne méconnoîtra pas S. Ambroise. Ce qu'il y a de triste pour son adversaire, c'est que ce passage est étranger à notre question. Il suffira de dire & de prouver qu'il ne s'agit pas, dans le texte qu'on nous cite, du mariage d'infideles, mais de celui de Chrétiens fait avec un infidele, & qui par conséquent est nul. Si Levi veut se convaincre de son erreur, il peut lire son passage composant la chaîne de quantité d'autres rapportés par Me Gibert, tome 2. de sa tradition de l'Histoire sur le Mariage, il le trouvera en son lieu au titre de l'empêchement qui vient de la différence de Religion, & c'est-là où il convenoit de le placer. Mais afin qu'on ne croie pas que le sieur Dage veuille en être cru sur sa parole à l'égard d'une méprise de la force de celle-ci : voici les termes de S. Ambroise. On ne nous reprochera pas de l'avoir mal traduit : on va copier la traduction qu'en fait Gibert que l'Adversaire du sieur Dage appelle en témoignage de son idée. *Si tout* (a) *mariage vient de Dieu, il n'y a point de mariage qui ne soit indissoluble, & néanmoins, selon S. Paul, le mariage* D'UN FIDELE AVEC UN INFIDELE

(a) *Quidam enim putant quia omne conjugium à Deo est, maximè quia scriptum est; quæ Deus conjunxit homo non separet. Ergò si conjugium omne à Deo, omne conjugium solvi non debet, & quomodò dicit Apostolus: si infidelis discedit, discedat? In quo & mirabiliter noluit apud Christianos causam residere divortii, & ostendit non à Deo omne conjugium, neque enim christianæ gentilibus judicio Dei copulantur, cum lex prohibeat.*

eſt diſſoluble, puiſque l'Apôtre dit : ſi infidelis diſcedit, diſce-
dat : il faut donc que ce mariage qui eſt diſſoluble ne vienne pas
de Dieu : auſſi la loi du Seigneur le défend.

Faut-il ajouter la moindre réflexion pour faire ſentir le
ridicule de l'application qu'on fait de ce paſſage à la cauſe ?
On en indiqueroit bien des centaines tout pareils à celui-ci : qu'en conclueroit-on ? que le mariage d'une Chrétienne avec un Païen eſt nul. Tertullien, S. Cyprien, &
quantité d'autres Peres en diſent autant ; S. Auguſtin a moins
de difficulté ſur ces mariages, comme on le voit n. 35. de
ſon Traité *de fide & operibus, lib. 1. de Adulterin. conjug. n.*
31. Et quel trait a cette diſcuſſion à l'affaire dont il s'agit ?
L'a-t-on cité, parce que S. Ambroiſe paroît prouver ce qu'il
avance par cet endroit de S. Paul ? Mais ce S. Docteur n'a
pas entendu prendre, dans ce paſſage de l'Apôtre, une preuve
rigoureuſe. Au reſte, ſi l'Adverſaire du ſieur Dage veut employer cette preuve contre ceux qui ſoutiendront la validité
du mariage d'un Infidele avec une Chrétienne ou *vice ver-*
ſâ, qu'il le leur oppoſe. Mais le ſieur Dage ne ſera pas ſon
Adverſaire ſur ce point.

La ſeconde preuve qu'on apporte pour établir ce ſyſtême
eſt l'endroit de ſaint Chryſoſtome qu'on a déjà examiné :
meliùs eſt diſrumpi connubium quàm piam religionem. Ce paſſage a été diſcuté avec étendue pag. 19. & ſuiv. On ne croit
pas devoir y revenir.

La troiſieme preuve du ſyſtême de Levi eſt tirée de ces mots
de S. Chryſoſtome ſur l'Ep. aux Cor. à la ſuite des expreſſions
qu'il avoit oppoſées *ille enim cauſam præbuit ut is qui forni-*
catus eſt. Or, dit-il, l'adultere rompt le mariage, ſelon S.
Chryſoſtome, donc l'infidélité du Conjoint qui refuſe de
cohabiter, le rompt auſſi.

La réponſe à cette difficulté a été faite plus haut. On
a établi, pag. 14. & ſuiv. que Saint Chryſoſtome ne
regardoit point l'adultere ni l'infidélité comme opérant la
diſſolution du mariage. On a répondu, pag. 35. dans la ſup-
poſition que S. Chryſoſtome auroit regardé l'adultere comme diſſolvant le lien, & on a établi que, dans ce ſecond cas,
Levi n'en pourroit rien conclure pour ſon ſyſtême.

Levi a fait tous ſes efforts pour interpréter S. Auguſtin
en ſa faveur ; il a prétendu avoir découvert deux paſſages
formels de ce Pere par leſquels il établiſſoit ſon ſyſtême ;

le premier tiré de son livre *de adulterinis conjugiis*, commençant par ces mots : *non propter vinculum cum talibus conjugale servandum ;* & le second qui se trouve dans le livre intitulé *de fide & operibus*, conçu en ces termes : *membrum quod scandalisat fortiter amputat.*

On ne répondra pas à ces difficultés. On croit pouvoir dire y avoir satisfait de maniere qu'il ne doit pas rester le moindre doute sur le sens de ce S. Docteur.

A ces autorités l'Adversaire du sieur Dage joint le Canon 63. du quatrieme Concile de Tolede en Espagne, qui porte que, si les Juifs qui ont des femmes chrétiennes veulent habiter avec elles, il faut qu'ils se fassent chrétiens ; que s'ils ne le veulent, il faut les en séparer, parce que l'infidele ne peut pas demeurer en union avec une femme devenue chrétienne : *quia non potest infidelis in ejus permanere conjugio quæ jàm in christianam translata est fidem.* Tenu l'an 633.

On fera deux réponses toutes deux décisives à ce texte : 1°. que prouve ce Canon ? *separentur* ne signifie autre chose que la séparation *à thoro.* 2° Ce Canon pourroit s'entendre du mariage que les Juifs contractoient avec des femmes qui étoient déja chrétiennes. Or, de tels mariages étoient défendus par les loix civiles ; & le Roi Recarede avoit voulu que le troisieme Concile de Tolede en 589 en fît une défense expresse dans son quatorzieme Canon.

Enfin le dernier passage que Levi invoque, qui l'auroit pensé ? c'est celui de Théophilacte. Il étoit difficile de pouvoir s'attribuer son suffrage, attendu que cet Auteur déclare précisément que, dans le cas d'infidélité, le lien subsiste, selon saint Paul, & que prétendre le contraire, c'est donner un démenti à l'Apôtre. D'un autre côté, on sentoit qu'étant abbréviateur de S. Chrysostome, le revendiquer, c'est avouer qu'on a saint Chrysostome contre soi. Cependant on appercevoit cette phrase dans son texte : *In hoc sensu communiter intelligit hæc Pauli verba ecclesia, hinc enim intelligit liberum esse tam christianum quam christianam conjugem, si infidelis conjux separatur ad contrahendum cum alio seu aliâ conjugium.* On étoit fort curieux de la produire en lui donnant toute l'étendue qu'on pourroit. Le pas étoit glissant : comment ôter une pierre de ce bâtiment sans s'exposer à en être écrasé. Voici le parti qu'on a pris. Théophilacte est un Auteur du commun, qui mérite peu d'attention, qui n'entend pas

le fens de faint Paul, qui rend mal faint Chryfoftome, lorf
qu'il dit que le lien du mariage n'eft pas rompu par la féparation du Conjoint infidele qui abandonne le Néophite ; que
donner un autre fens aux paroles de l'Apôtre, c'eft s'écarter du fens littéral de fon texte : au contraire, il devient un
Auteur important, d'un très-grand poids, d'un mérite fin-
gulier, quand il paroît avouer que l'Eglife les entend dans
un fens contraire au fien & qui flatte l'idée de Levi. Ce n'eft
pas feulement l'Eglife de fon temps, c'eft celle de tous les
fiécles dont il entend parler ; & cet Auteur, qui ne mérite
aucune foi quand il condamne la partie adverfe, fe trouve
accablé par le poids immenfe de l'autorité de l'Eglife dont
il eft témoin contre lui-même. Quel fyftême ! Laiffons-là les
fictions qui ne fervent qu'à prouver la crainte, dont l'adverfaire
dufieur Dage étoit pénétré, du coup que pouvoit lui porter
l'arme meurtriere qu'il tenoit dans fa main. Revenons au vrai.

Théophilacte n'étoit pas un Auteur fort confidérable,
c'étoit un Archevêque des Bulgares, dont le plus grand mérite eft de s'être attaché à faint Chryfoftome & de l'avoir
abrégé, & c'eft en cette partie que fon témoignage eft important fur le fens de l'Apôtre, ce n'eft pas fon fentiment, c'eft celui de fon Maître qui nous paffe par fon
canal. Quant à ce qu'il avoue que l'Eglife entendoit com-
munément le paffage de faint Paul dans le fens que le Conjoint néophite abandonné pouvoit fe remarier, de quelle
Eglife entendoit-il parler ? Le fieur Dage n'en veut pas être
l'interprete. On ne lui reprochera pas d'apprécier cet Au-
De Script. teur plus qu'il ne mérite & autant que cela lui convient. Le
Ecclef. Cardinal Bellarmin va répondre pour lui fur ce point. Il obferve qu'il y a lieu de penfer que Théophilacte s'étoit laiffé
emporter dans le fchifme des Grecs, puifque dans fon Com-
mentaire fur le chapitre 3 de faint Jean, il reprend les Latins de ce qu'ils croient que le Saint-Efprit procede du Fils
comme du Pere. De-là il eft aifé de conclure de quelle Eglife il entendoit parler dans fon paffage. Le fieur Dage en
laiffe juge fon adverfaire. On fçait que cette Eglife avoit
Le fchifme commencé fon fchifme depuis plus de 200 ans. D'ailleurs,
des Grecs a comment oublier les reproches que le Concile de Florence
commencé en lui a faits fur fa facilité à rompre les mariages ?
847, & Théo-
philacte écri- Toute la tradition de l'adverfaire du fieur Dage fe réduit
voit vers1070. donc à un paffage de faint Ambroife, qui parle d'une autre

matiere ; à des paſſages de ſaint Chryſoſtome, qui renver-
ſent ce qu'il en veut conclure ; à des textes de ſaint Auguſtin & de Théophilacte, qui établiſſent *in terminis* la theſe
contraire à la ſienne : de ſorte qu'il en faut revenir à dire,
Gratien avoit bien réellement recueilli toute la tradition,
quand il s'étoit appuyé ſur le paſſage [de l'Ambroſiaſte ou
d'Hilaire le Luciférien, qu'il appelle ſaint Grégoire & d'autres ſaint Ambroiſe. Voilà, ce ſemble, des répliques dé-
ciſives & qui font diſparoître juſqu'à la trace d'une tradition
que Levi oſoit invoquer à l'audience, au mépris d'une bien
réelle ſur la certitude de laquelle il n'a pu répandre le moindre doute.

Si on examine les ſolutions qu'on s'eſt efforcé de
donner aux difficultés qu'on avoit à réſoudre (car c'eſt
ainſi qu'on appelloit une tradition très-ſolide qui étoit op-
poſée au nouveau ſyſtême) qui ne ſera étonné d'abord que
l'on n'ait pas entrepris de dire un mot contre trois paſſages
de Tertullien (*a*), deux de ſaint Jérôme, & trois de ſaint
Auguſtin, qui établiſſent diſertement la vérité de l'indiſſolubilité du mariage des infideles en tout cas. Quant aux paſſages de ſaint Chryſoſtome & de ſaint Auguſtin qu'on
s'eſt appliqué à expliquer en faveur du nouveau ſentiment, il ſuffit de renvoyer à ce qu'on a établi à cet é-
gard, on n'y reviendroit pas ſans tomber dans des redites.
Une difficulté à laquelle on ſe contentera de répondre, eſt
tirée de ſaint Auguſtin, dans ſon Traité *De fide & operibus*,
où ce ſaint Docteur dit bien que le Néophite qui eſt ſcanda-
liſé par la cohabitation de ſa femme, qui ne veut cohabiter
pacifiquement, doit l'écarter de lui, amputer ce membre
dangereux ; mais, dit-on, ne répete pas la défenſe de ſe
remarier. Or, c'eſt cependant dans ce livre qu'il s'agit du
Conjoint qui refuſe de cohabiter.

La réponſe à cette difficulté ſera fort ſimple. Saint Auguſtin ayant décidé dans ſes Traités *De adulterin. conjug.*
que, quand le Néophite ne pratiqueroit pas le conſeil de vivre avec ſa femme, & qu'il la renverroit, il doit garder la
continence, & ne peut ſe remarier non plus que ſa femme,
ſans commettre un adultere ; avoit-il beſoin de dire que,

(*a*) Les trois de Tertullien & ceux de ſaint Jérôme ſont aux pages 10. 11. & 12
de ce Mémoire. Quant à ceux de ſaint Auguſtin dont on parle ici ; ce ſont ceux
qui ſont aux pages 12 & 13 qui ſuivent.

dans le cas où ce Néophite la renvoie par devoir, il ne peut pas non plus se remarier. Cela est ridicule. Ce n'est pas une question dans saint Augustin, de sçavoir si le Conjoint qui renvoie ou celui qui est renvoyé peuvent se remarier. C'est un principe, un axiome en tout cas, que se remarier de la part du Néophite ou de sa femme, ce seroit commettre un adultere. On a ce semble poussé ce point à la démonstration. La difficulté que saint Augustin examine dans le Traité *De adulterinis conjugiis*, est sur la conduite que doit tenir le Néophite à son égard : il observe que, quoiqu'il puisse renvoyer le Conjoint infidele, il fera mieux, c'est un conseil, de ne pas le renvoyer, tant à cause des inconvéniens du renvoi, que de l'avantage qui peut lui en revenir de son exemple : Inconvéniens & avantages qui, cessant d'avoir lieu dans le cas où il ne veut cohabiter, où il scandalise le Néophite, oblige ce dernier à s'en séparer. C'est ce point sur lequel S. Augustin insiste dans son Traité *De fide & operibus*.

De-là il faut conclure que Levi auroit pris un meilleur parti de ne pas faire effort pour tirer à lui saint Augustin, il se seroit épargné bien de mauvais raisonnemens.

Enfin on a opposé au passage de S. Basile cité dans ce Mémoire, qu'il s'entendoit du cas de l'adultere & qu'il renfermoit même, à l'avantage du mari, une dispense supérieure à celle que réclame Levi en sa faveur.

On a prévu cette difficulté. On y a répondu avec assez d'étendue, page 38.

Répondroit-on à l'idée singuliere de l'adversaire du sieur Dage, que les autorités de la tradition qu'on lui oppose, ne plaçant l'indissolubilité du mariage que dans le second ordre de loi naturelle, on en peut conclure que ce caractere du mariage ne descend que de ce second ordre, qu'ainsi on peut y trouver des exceptions.

Cette distinction qu'on a prise de la solution que le défenseur de M. l'Evêque de Soissons a donné sur la difficulté de la polygamie qu'on lui opposoit, devient inutile dans notre question ; la preuve est sensible.

On opposoit à M. l'Evêque de Soissons, que l'individuité & l'indissolubilité du mariage se trouvoient attaquées par la polygamie, qui a été pratiquée par les Patriarches : d'où on concluoit que, par conséquent, l'individuité & l'indissolubilité du mariage pouvoient souffrir des exceptions.

M.

M. de Soiffons a répondu, avec faint Thomas, que la polygamie n'étoit pas contraire au premier droit naturel, qui
a pour objet les devoirs que les hommes doivent à Dieu,
Dieu même ne peut en difpenfer; elle eft contraire au fecond
droit naturel, qui a pour objet les devoirs qui regardent les
hommes entr'eux, devoirs fur l'exécution defquels Dieu peut
accorder des difpenfes.

L'adverfaire du fieur Dage faifit cette diftinction apportée
fur la polygamie, place de lui-même l'indiffolubilité & l'individuité du mariage dans la loi naturelle du fecond ordre
avec la polygamie; & enfuite dit: Voilà d'après quels principes ont raifonné les Peres qu'on m'oppofe pour établir
l'indiffolubilité & l'individuité du mariage; c'eft en l'examinant dans ce fecond ordre de loi naturelle. Ainfi ces
Peres, quelque rigoureufes que foient les expreffions qu'ils
emploient, ne raifonnant que dans une hypothefe fuf-
ceptible d'exception, on n'en peut rien conclure à la rigueur.

On répond: 1°. Que faint Thomas donne cette diftinction
fur la polygamie, parce que l'unité du mariage eft fufcep-
tible des exceptions que Dieu veut bien y mettre. Il en a
accordé une aux Patriarches, par des vues de fageffe; il a
même ordonné à certains d'entr'eux de prendre plufieurs
femmes, pour remplir les objets qu'il avoit en vue dans fa
Religion; par conféquent les Patriarches, en fuivant l'ordre
de Dieu, étoient dans la regle.

2°. Il n'y a point de conféquence de la thefe de la polygamie à celle de l'indiffolubilité du mariage. Dès que ces
faints polygames étoient liés avec chacune de leurs femmes,
par des liens indiffolubles, la polygamie n'étoit pas une difpenfe à la regle de l'indiffolubilité du mariage. Ainfi on ren-
trera toujours dans la queftion dont il s'agit ici.

3°. Mais il eft indifférent au fieur Dage d'examiner fi l'indiffolubilité du mariage eft du premier ou du fecond ordre
de loi naturelle; qu'on la mette dans l'une ou l'autre claffe,
il y confent: il fe contentera de dire à fon adverfaire: Dans
ce cas il faut que vous nous prouviez que les Peres aient
trouvé, dans faint Paul, une exception auffi claire à l'indiffolubilité du mariage, que la permiffion, que l'ordre donné de Dieu à certains des Patriarches d'époufer plufieurs
femmes.

G

Vous dites : les Peres ont raisonné dans l'idée qu'elle est du second ordre. Cela ne décide rien : il ne s'ensuivroit autre chose, sinon qu'ils ont regardé l'indissolubilité du mariage comme susceptible de dispense. Or ont-ils prétendu que cette dispense soit consignée dans l'Ecriture-Sainte, dans saint Paul ? Ce n'est pas tout : ont-ils pensé que le Néophite, dont la femme épousée dans l'infidélité ne veut cohabiter, en est l'objet ? Et qui ne voit que c'est un cercle de raisonnemenr qui nous ramene toujours à la question de fait. Qu'a voulu dire saint Paul, quand il s'est servi de ces expressions : *Non enim servituti subjectus est frater aut soror in hujusmodi ?* Comment la tradition a-t-elle entendu sa doctrine à cet égard ? Voilà toujours le point dont on s'écarte & où il faut revenir. Or on peut avancer, sans craindre de se tromper, que les Peres, que les Auteurs des dix premiers siécles n'admettent aucune exception dans le texte de saint Paul qu'on oppose ; que la discipline de ces siécles est uniforme avec la doctrine ; enfin que dans l'Ecriture & dans la Tradition, l'indissolubilité du mariage contracté, en tout état, en toute Religion, a toujours été regardée commme une vérité incontestable.

SECONDE PROPOSITION.

Nous voilà parvenus au siécle de Gratien sans avoir trouvé encore dans la tradition aucun nuage sur la vérité que nous établissons.

Gratien, collecteur inexact & peu judicieux, vient, pour la premiere fois, répandre des doutes sur une vérité jusques-là incontestable, à l'aide de méprises les plus lourdes, comme d'attribuer à saint Grégoire l'Ouvrage d'Hilaire dont il cite le Canon *Si infidelis*, que d'autres attribuent à saint Ambroise, où se trouve pour la premiere fois cette opinion.

Encore si le faux Gregoire ou le faux Ambroise eût été un auteur de quelque conséquence, on eût pu y avoir quelque attention. Mais les critiques conviennent qu'il est d'une très-mince autorité. C'est même une opinion assez commune que cet Hilaire Diacre étoit de la secte des Lucifériens. Au reste un seul trait suffira pour décider si l'ouvrage qu'on attribue aux

SS. Docteurs dont on lui fait porter le nom, mérite une grande confidération. Il permet au mari (a) qui renvoie fa femme pour caufe d'adultere d'en époufer une autre, & ne donne pas la même permiffion à la femme dans le cas d'adultere de fon mari : fentiment contraire à la décifion de Jefus-Chrift dans l'Evangile. Eft-il néceffaire de joindre d'autres exemples après une idée fi étonnante, dans un Auteur Latin, que toute la tradition de l'Eglife Latine défavouoit.

La méprife de Gratien, à l'égard de cet ouvrage d'Hilaire, a fait paroître pour la premiere fois, un nom des plus refpe﬈ ables à la tête de l'opinion que combat le fieur Dage : & quel crédit ne lui a-t-il pas acquis dans un fiécle, fur-tout tel que le fiécle de Gratien, où toute la fcience des Eccléfiafti-ques fe réduifoit à connoître fon Code. Cela eft d'autant moins étonnant, qu'un recueil de canons, qui fe préfentoit tout fait, cultivoit la pareffe & fembloit difpenfer de vérifier après lui. D'ailleurs les erreurs de Gratien ont eu le temps de s'affermir, tous les Auteurs fe copiant pendant plus de 300 ans pendant lefquels l'Abbé de Fleury affure qu'on ne con-noiffoit que fon Recueil. 4. Difc. fur l'Hift. Ecclef. p. 153 de l'édit. in-12.

A quels dangers n'expofoit pas un pareil ouvrage plein de fautes des plus groffieres ? Auffi Bellarmin montre bien le mépris qu'il faifoit de ce Decret, chez qui il dit que tout eft fouvent confondu, les fauffes avec les vraies Décrétales, les paffages d'Auteurs méprifables & quelquefois hérétiques avec ceux des Peres. On n'oubliera jamais le préjudice que ce Moine Italien a porté à nos libertés, les maximes ultramontaines dans lefquelles fon autorité a enveloppé des Royaumes entiers, & combien de fiécles il nous a fallu pour nous délivrer des entraves dans lefquelles le nombre des Auteurs qui l'avoient fuivi nous avoir embarraffés ; il fuffiroit pour s'en convaincre de lire l'Auteur qu'on vient de citer. Hift. Ecclef. in-12, Tome XV, pag. 47. Quatriéme Difcours fur l'Hift. Ecclef. pag. 153 de l'édition in-12, & tout le neuvieme Difcours fur la même Hift. De Script. Ecclef. L'Italie, l'Efpagne, le Portugal & les Pays-Bas.

Examinons le texte de Gratien. *Volentem cohabitare licet* Can. 28. q. 2.

(a) *Et vir uxorem non dimittat, fubauditur autem exceptâ fornicationis caufâ. Et ideò non fubjecit (Paulus) dicens : Sicut de muliere quod fi difcefferit, manere fic ; quia viro licet ducere uxorem fi dimiferit uxorem peccantem : quia non ità conjungitur vir ficut mulier, caput enim mulieris vir eft.*

quidèm dimittere , fed non , eâ vivente , aliam fuperducere.

Alioqui fi recéditis ab invicèm & volentes cohabitare dimit-
titis & alii vos copulaveritis, adulteri eritis, & filii veftri, qui
pofteà nafcentur , erunt immundi , id eft , fpurii.

Si la partie infidele confent habiter pacifiquement avec
la partie fidele, à la vérité rien n'oblige ce dernier d'accepter
fes offres, il peut innocemment s'en féparer : mais il ne lui
fera pas permis de convoler, de fon vivant, à d'autres nôces,
autrement il fe rend coupable d'adultere, & les enfans qui
proviendront de ce fecond mariage feront impurs, c'eft-à-
dire illégitimes.

Mais fi la partie infidele refufe opiniâtrément d'habiter avec
le Néophite, ou fi elle n'y confent que pour lui être une occafion de fcandale & de chûte, il n'eft pas obligé de la fuivre,
& de fon vivant il peut en époufer une autre : *Difcedentem verò*
fequi non oportet, & , eâ vivente, aliam ducere licet. Et quel
principe Hilaire, dont Gratien rend les termes, donne-t-il
de cette derniere partie de fa décifion ? Il eft très-important de le remarquer, on y découvrira fur quelles maximes ce
fyftême eft appuyé.

Si l'infidele fe retire, dit cet Auteur, citant S. Paul, qu'il fe
retire. Ce n'eft pas un péché à celui qui eft abandonné pour
la caufe de Dieu, s'il fe joint à un autre, le mépris du
Créateur délie le droit que donne le mariage fur celui qui eft
abandonné. C'eft l'infidele, qui fe retire, qui péche contre
Dieu & contre la loi du mariage, la partie convertie ne doit
pas la foi à l'infidele. Car la raifon qui porte l'infidele à fe
retirer, eft qu'il ne veut pas entendre que Jefus-Chrift eft le
Dieu des mariages Chrétiens.

Si infidelis difcedit difcedat &c. Non eft enim dimiffo peccatum
propter Deum fi alii fe copulaverit. Contumelia quippe Creatoris
folvit jus matrimonii circa eum qui relinquitur. Infidelis autèm
difcedens & in Deum peccat & in matrimonium , nec eft ei fides
fervanda conjugii : quià proptereà difcedit ne audiret Chriftum
Deum effe Chriftianorum conjugiorum.

Gratien, d'après Hilaire ne fe contente pas de décider que
la partie chrétienne abandonnée peut fe remarier. C'étoit
introduire un fyftême nouveau. Mais ce qui eft bien pis, il
le préfente avec les maximes fauffes fur lefquelles il eft appuyé.
Il donne le Canon dans fes propres termes. Que de réflexions
ce Canon ne préfente-t-il pas ? 1°. Imaginer que l'injure faite

à Jéfus-Chrift par l'infidele, rompt le mariage, c'eft aller
bien au-delà de la conféquence qu'il veut tirer. C'eft prétendre qu'il y aura une rupture d'autant plus certaine du mariage, que l'injure fera plus grave. Ainſi que l'un de deux
Chrétiens ſe faffe Mahometan, qu'il aille proftituer ſon en-
cens aux idoles, qu'il tombe dans des excès encore plus mon-
ftrueux, qu'il combine ſa ſcélérateffe ſuivant la corruption qui
ſe trouvera dans ſon cœur, ce qui peut varier à l'infini, car
il peut s'ouvrir autant de routes impies que la corruption lui
en inſinuera. Voilà tout autant de Conjoints dont les liens
ſont diffous. Et qui en croira-t-on ſur ce point de l'Ambroi-
ſiafte (Hilaire le Luciférien) ou de S. Jérôme. Ce dernier
prêchoit des vérités contradictoires avec des principes ſi per-
nicieux. Voyez le paffage de ce Pere, p. 11 & 12.

Le ſieur Dage demandera à ſon adverſaire s'il a eu toute
cette étendue de vues, s'il oſeroit la prêter à Saint Paul ?
Cependant tel eft le premier fondement ſur lequel a été établi
le ſyftême qu'il veut faire adopter par la Cour. C'eft celui qu'a
conçu l'inventeur de cette opinion. Par quelle raiſon vouloir
argumenter du Canon *ſi infidelis* d'Hilaire adopté par Gratien? C'eft pour réſoudre le mariage de l'un de deux infideles
convertis & le rejetter dans les cas où il doit également s'é-
tendre?

2°. Voici une idée auffi biſarre. L'infidele, en ſe retirant,
péche contre la loi du mariage de cela même qu'il abandonne
ſon Conjoint. Et au contraire la partie abandonnée, qui ſe
remarie, eft innocente. La partie infidele peche ſans doute
contre Dieu en n'écoutant pas les lumieres & les exemples
que peut lui communiquer ſon Conjoint chrétien, elle réſifte
aux graces extérieures que Dieu lui donne, cela eft inconteftable. Mais ſi elle ne ſe remarie pas, quelle comparaiſon
y a-t-il entre la faute que fait contre le mariage celui qui ſe
contente de ſe ſéparer *quoad thorum* & ce fidele qui attaque
le lien, qui méprife ſon ſerment, qui, ſelon S. Auguftin,
ſcandalife ſes freres & commet un adultere par la nouvelle
ſociété qu'il contracte?

3°. Pour répondre à cet inconvénient Hilaire a un principe tout prêt, c'eft que ce Chrétien Néophite ne doit plus la
foi du mariage à cet infidele qui ſe retire. Ecoutons la raiſon pour laquelle le Néophite ne doit plus la foi à l'infidele.
Apprenons d'Hilaire ce qui l'en dégage. C'eft que ſon Con-

joint ne veut pas entendre que Jéfus-Chrift eft le Dieu des mariages chrétiens ; Et fi la foi du mariage n'eft pas dûe au Conjoint infidele, il eft donc permis de violer à fon égard les fermens les plus facrés. Où en eft-on réduit ?

On ne s'étendra pas à réfuter une maxime fi abominable : elle l'a été trop fouvent dans les temps déplorables où des chrétiens fanatiques alloient porter le fer dans le fein de ceux qui avoient le malheur d'être oppofés aux vrais principes. On tirera le rideau fur des événemens qu'il feroit à fouhaiter que l'on pût effacer des Annales de l'Hiftoire.

Cependant, qui le croiroit ? voilà le premier titre fur lequel eft fondée l'opinion que le fieur Dage combat. C'eft un titre que la Religion profcrit à tous égards, que l'humanité défavoue, contre lequel la bonne foi & la droiture s'élevent avec indignation.

Une pareille opinion, appuyée fur de telles maximes, fembloit devoir rentrer dans l'obfcurité d'où Gratien l'avoit tirée.

Mais pendant les trois cens ans où, felon l'Abbé de Fleuri, Gratien avoit tout crédit, parut vers 1400 le Chap. *Quantò extrà de divortiis* d'Innocent III qui adopta ce fyftême. Cette decrétale eft la feconde autorité que puiffent citer avec fondement les Auteurs décidés pour le fentiment qu'on oppofe au fieur Dage. Il eft étonnant que ce Pape fe foit laiffé entraîner dans cette nouvelle idée. La confiance publique, que Gratien s'étoit acquife par la fcience qui paroiffoit dans fon Decret, lui a perfuadé de fuivre à l'aveugle un pareil guide. Il décide que quand de deux époux infideles l'un fe convertit à la foi de J. C. *altero vel nullo modo, vel non fine blafphemiâ divini nominis, vel ut eum pertrahat ad mortale peccatam, ei cohabitare volente,* celui qui fe convertit *ad fecunda, fi voluerit, vota tranfibit.* Mais il ne fe fonde que fur les paroles de S. Paul & fur le Canon *fi infidelis ;* c'eft-à-dire, qu'à proprement parler, c'eft Gratien qui lui a fervi de bouffole pour fe conduire dans fa décifion.

L'autorité d'Innocent III fe trouvant réunie à Gratien, les Scholaftiques n'ont plus exercé d'autre critique : ils s'en font rapportés à ce Pape, qui, comme on a vu, a pris le Canon *fi infidelis,* fans examiner ni ce qu'il contenoit ni quel étoit fon auteur. Auffi depuis ce temps les Scholaftiques fe font-ils fuivis, fans s'inquiéter de ce que les Peres ont penfé fur ce point.

Mais malgré le crédit de Gratien, malgré le fuffrage de

Commentateurs qui , fe copiant, fe multiplioient pour le fyftême qu'attaque le fieur Dage , la Tradition a toujours été ref-
pectée & fon autorité trouvée trop confidérable pour qu'on ofât
donner la nouvelle idée comme la doctrine de l'Eglife. Auffi
le Cardinal Caïétan foutient-il vers l'an 1500 le fentiment de
la Tradition avec la même force que Saint Auguftin & les
Peres l'avoient foutenu. On fe difpenfe de citer fes paroles, il
a prefque copié Théophilacte ; & on fe rappelle avec quel zele
ce Docteur s'élevoit contre ceux qui attribuoient à l'Apôtre
S. Paul un fentiment qui n'étoit autre que le leur.

Arboreus au fixieme livre de fa *Théofophagie* penfoit qu'il
falloit laiffer la liberté des deux fentimens. Mais la queftion
ayant été propofée au Concile de Trente, les Théologiens
remonterent à la fource de l'erreur,& fentirent que, dès qu'elle
étoit découverte, elle ne pouvoit prefcrire. Pierre Soto, un
des plus fçavans Théologiens du Concile, défendit, par l'E-
criture & les Peres, l'indiffolubilité du mariage, dans le cas
même dont il s'agit ici, & s'éleva avec force contre l'opinion
contraire devenue commune. A ces autorités il joignit, contre
le fentiment qu'il attaquoit, l'ufage de l'ancienne Eglife, qui
ne remarioit point, après leur Baptême, les perfonnes mariées avant leur converfion au Chriftianifme : il remarqua que
l'indiffolubilité du mariage vient de la loi naturelle, & que par
conféquent le mariage des infideles n'eft pas d'une autre nature que celui des fideles.

Notes de Rafficod, pag. 295 , & Fra-paolo Hift. du Conc.

Un témoignage de cette conféquence, dans un Concile
général en faveur de l'indiffolubilité du mariage, mérite fans
doute la plus grande confidération : & peut-on douter qu'il
n'eût décidé les Peres du Concile à condamner le fentiment
contraire , s'ils fe fuffent déterminés à ftatuer fur un point
étranger à l'objet de fa convocation ? Mais fi ce fyftême n'a
pas été profcrit, comme il pouvoit l'être , quelle conféquence
en peut-on tirer en fa faveur ? Opinion vicieufe dans fa fource, oppofée à l'Ecriture, à la Tradition, à la loi naturelle &
à la nature même du mariage , tout fon crédit confifte dans
l'autorité des Scholaftiques qui l'ont adoptée.

Le fieur Dage ne peut diffimuler à la Cour fa furprife
que des Auteurs , même refpectables, fe foient laiffés entraîner dans ce parti ; ce qu'il en conclud c'eft que l'efprit profond, la folide métaphyfique ne mettent pas à l'abri des erreurs de faits qu'on ne découvre qu'à l'aide d'une longue &

sérieuse critique. Au reste, il faut remarquer, qu'il n'y a point d'Auteurs modernes qui aient approfondi ce point, comme il le falloit faire pour qu'on apperçût tout l'avantage du sentiment que soutient le sieur Dage. Ce qu'il a recueilli ici n'est qu'une ébauche de tout ce qu'on pourroit dire en sa faveur. Aussi auroit-on fait un recueil beaucoup plus considérable d'autorités, si l'on avoit eu autant de temps que l'importance de la matiere en demandoit.

Entre les Auteurs, qui ont traité du mariage avec étendue, Me Gibert & Sanchez sont du nombre de ceux qui sont entrés dans un plus grand détail. Mais Sanchez occupé à résoudre quantité de questions souvent inutiles, quand il vient à celle-ci, sans se dissimuler les grandes autorités & les raisons qui déposent en faveur du sentiment que soutient le sieur Dage, autorités & raisons décisives, au lieu d'y répondre, il passe rapidement au sentiment contraire emporté par l'autorité de Gratien à la tête duquel il met le prétendu S. Ambroise ou Hilaire le Luciférien; & ensuite des Scholastiques dans leur ordre.

Gibert est celui chez qui on apperçoit le plus de science sur la matiere du mariage : cependant quand il vient à la question que nous traitons, il se contente de présenter des vues, de faire des observations, il annonce les Peres de l'autorité desquels le sentiment de l'indissolubilité du mariage est appuyé, découvre les principes lumineux qui sont le fondement & la base de leur sentiment, observe qu'ils tirent l'indissolubilité du mariage de la loi naturelle & de la nature même du mariage ; mais on apperçoit qu'il ne vouloit pas contredire le grand nombre des nouveaux Auteurs qu'il voyoit emportés par le torrent.

Van-Espen n'examine pas la question, il n'y trouve pas grand intérêt attendu la rareté des cas où elle peut s'appliquer & se contente de renvoyer aux Commentateurs. Quant à ces derniers ils se copient, & celui qui succede en a toujours au moins un de plus à invoquer pour son sentiment; mais aucun n'oublie Gratien & la decrétale, comme le fondement de leur opinion.

Quelques-uns citent S. Ambroise, d'autres lui joignent S. Chrysostome. On en trouve qui ont honte d'invoquer le premier qu'ils ne peuvent revendiquer qu'à tort; il y en a

même

même un grand nombre qui se gardent bien de citer S. Chrysostome ; mais pour les Décrétales : voilà leur autorité favorite.

La conclusion que la Cour peut tirer de pareille conduite est
que le sentiment seul vrai n'admet d'exception à un principe
universellement reconnu qu'autant que l'exception est aussi
claire que le principe même. Or il s'en faut de beaucoup que
l'idée qu'on voudroit faire adopter à la Cour ait cet avantage. L'exception qu'on veut établir est contredite par les
Peres de l'Eglise, est contraire à l'idée du mariage, n'a aucun fondement dans la loi naturelle source de son indissolubilité, résiste aux idées les plus simples, & n'a qu'une ap-
parence, qu'un phantôme d'autorité en sa faveur. Y a-t-il
à balancer dans le choix des deux sentimens, & par conséquent n'est-il pas ridicule de vouloir en tirer un moyen
d'abus contre la Sentence ? Jamais homme raisonnable qui
examinera sa matiere n'aura de doute sur le parti qu'il doit
prendre. Mais supposons qu'il pût en avoir ; peut-on soutenir l'idée de prétendre élever, de l'avis de Scholastiques op-
posés aux sentimens de la tradition, un moyen d'abus contre une Sentence qui a pris un parti aussi sage ?

Pour sentir la solidité de cette observation, qu'on se trans-
porte au Concile de Trente, on entendra ; d'un côté, le Jé-
suite Salmeron soutenir le nouveau système en l'appuyant
toujours sur Gratien & sur les Décrétales ; de l'autre on sera
éclairé par les lumieres de Pierre Soto, Théologien du premier ordre, qui présente exactement, pour l'indissolubilité du
mariage dans notre espece, toutes les raisons & les autorités
que le sieur Dage produit en faveur de la cause qu'il soutient.
On demande lequel raisonnoit mieux dans l'esprit de l'E-
glise qui est de pénétrer les questions, de prendre la lumiere
des Peres pour guide ; de s'en tenir aux principes généraux
tant que les exceptions ne sont pas aussi certaines que ces
principes ? On demande encore qu'auroit pensé de Salmeron
le Concile de Trente, si ce dernier se fût avisé d'accuser
d'erreur le Sçavant Pierre Soto pour avoir avancé des principes si respectables ? Tout le Concile ne se feroit-il pas élevé
contre une qualification si téméraire & si hardie ? Cependant
telle est la conduite de Levi, il prétend trouver un vice dans
la Sentence, & demande qu'elle soit infirmée parce qu'elle
a pris le parti que défendoit Pierre Soto avec l'admiration

H

du Concile. On peut aller plus loin, & dire : la queſtion de ſçavoir ſi un Juif converti peut délier les nœuds d'un mariage fait dans l'infidélité & ſe remarier, eſt actuellement en pareille poſition où étoit au temps de S. Cyprien celle de ſçavoir ſi on devoit rebaptiſer les Hérétiques qui revenoient à l'Egliſe. On ſçait combien cette queſtion agitoit l'Egliſe au temps de ce S. Docteur. S. Cyprien étoit d'avis qu'il falloit les rebaptiſer ; S. Auguſtin & les autres Peres ſoutenoient le ſentiment contraire. L'Egliſe n'avoit pas prononcé. Cependant le ſentiment de ces derniers étoit le ſeul vrai & fondé ſur la tradition. S. Cyprien auroit-il prétendu qu'il y avoit abus dans la conduite de S. Auguſtin ? Non ſans doute. Ce dernier même avoit trop de ſageſſe pour tenir cette conduite à l'égard de ſaint Cyprien : il obſerve, dans ſon livre du Baptême, qu'aucun de ces Evêques n'a rompu le lien de la paix & qu'on a attendu avec liberté réciproque de ſoutenir les deux ſentimens, un Concile plenier du monde entier qui diſſipât les doutes & prononçât en faveur de la doctrine ſalutaire : *donec plenario totius orbis Concilio, quod ſaluberrimè ſentiebatur, etiam remotis dubitationibus firmaretur.*

L. 1. du Baptême, Ch. 7. n. 9.

Cependant il y avoit eu des Conciles particuliers qui avoient différemment décidé la queſtion ſuivant les avis des Evêques des différentes Provinces où ils ſe tenoient ; mais il n'y avoit pas eu de jugement définitif & irréformable de toute l'Egliſe.

Demandez à ſaint Auguſtin pourquoi il ne taxoit pas d'abuſive la conduite de ſaint Cyprien qui rebaptiſoit les Hérétiques convertis ? Il vous répondra que, quand les queſtions ne ſont pas décidées, chaque Evêque a la liberté d'examiner ce qu'il faut penſer, qu'il ne peut être jugé par un autre, comme il ne le peut juger lui-même : *tamque judicari ab alio non poſſit, quam nec ipſe poteſt alterum judicare.*

Eod. lib. 3. ch. 5. n.

Or appliquant cet exemple. Le ſieur Dage dit aux nouveaux Docteurs : votre poſition eſt la même que celle de ſaint Cyprien. Il avoit la tradition contre lui : vous l'avez contre vous : S. Auguſtin avoit pour lui tous les principes & la tradition en ſa faveur, j'ai pour mon ſentiment tous ces avantages. L'Egliſe n'a point décidé le point qui nous partage, comme elle n'avoit pas encore décidé du temps de S. Cyprien.

Ainfi nous ne pouvons refpeƐivement nous taxer d'erreur.
De quel droit prétendez-vous donc attaquer la décifion de
la Sentence rendue de l'avis & de l'autorité de votre Evêque? Quel moyen d'abus avez-vous à lui oppofer? Où eft
le Canon de Concile que vous puiffiez invoquer? Quel texte d'ordonnance pouvez-vous réclamer? Enfin où eft le vice
de forme ou d'entreprife fur l'autorité des Princes? Vous ne
pouvez réuffir fans un de ces moyens d'abus. Mais quit-
tons les hypothefes, trop heureux d'être fouffert, d'être to-
léré, votre fyftême n'eft qu'un fentiment d'école; & celui d'a-
près lequel la Sentence a été rendue, eft le fentiment de la
tradition, par conféquent mérite tout refpeƐ; il a d'ailleurs tous les principes de la matiere en fa faveur: par conféquent loin qu'il y ait abus dans une Sentence qui l'a em-
braffée elle ne peut qu'être applaudie par la fageffe & la
prudence de celui qui l'a prononcée, elle fera à jamais la
gloire & l'honneur du Prélat qui l'a diƐée.

Avant de terminer cette feconde propofition le fieur
Dage, ne peut, entre tant d'autres, paffer fous filence certains inconvéniens du fyftême des nouveaux Auteurs. On
a demandé à Levi dans quel inftant s'opéroit la diffolution
du mariage dans le cas de la converfion d'infidele converti?
Eft-ce dès que la partie infidelle refufe de cohabiter? Mais
comment fon refus doit-il être caraƐérifé? Ne faudra-t-il
pas que le Conjoint converti ait employé les voies les plus
douces & les plus infinuantes pour la ramener? C'eft celles que prefcrivent les Auteurs qui font du fentiment qu'on
nous oppofe, en quoi ils condamnent eux-mêmes Levi,
puifque ce dernier, comme on l'a montré, au lieu d'employer ces voies, a pris précifément le parti qu'auroit pris
un homme décidé à fe remarier: Sommation de fe faire
Chrétienne & de le rejoindre: voilà fa premiere démar-
che à l'égard de fa femme; & malgré les lettres les plus
tendres & les plus amicales de cette Juive qui après tout
eft telle qu'il l'a prife, point de réponfe de la part de Levi,
mais nouvelle fommation. Telle eft la conduite de celui qui
veut faire dire qu'il y a abus dans une Sentence contraire
à fon fyftême; il n'a pas même pratiqué ce que les Auteurs, dont il revendique le témoignage, lui prefcrivoient com-

H ij

me néceffaire, felon eux, pour être en regle ; & il faut remarquer que le mal à cet égard eft fans remede : fes propres
Auteurs n'en trouvent plus quand il a irrité fon Conjoint. Et
comment en trouveroient-ils, n'étant, felon eux, qu'exception à un principe de foi ? Tous les Théologiens conviennent
que c'eft ici matiere de la plus grande rigueur. Voilà une incapacité marquée dans Levi ; le voilà condamné par fes propres
autorités. Ainfi il n'y a plus de queftion à fon égard dans aucun
fentiment. Mais le fieur Dage ne laiffe pas là le fyftême qu'il
attaque, il demande quand il auroit employé toutes les voies

Liv. 4. tit.
I. 9. 13. qu'on lui confeille, combien faudroit-il de temps avant que
cet effet fût opéré ? Selon un Concile particulier du Mexique de 1585, favorable à Levi, il auroit dû, après avoir
pratiqué toutes les voies de douceur, donner d'abord fix
mois à l'infidele pour délibérer, & ce terme expiré, c'eft encore à l'Evêque à examiner s'il prorogera ce temps en faveur
de l'infidele, ou s'il permettra au Néophite de fe remarier.
Ainfi il faut encore fix mois de délai. Mais feront-ce ces
fix mois qui opéreront la diffolution du mariage ? Non, c'eft
encore à l'Evêque à en juger. Il falloit donc qu'il s'adreffât
à M. l'Evêque de Soiffons & qu'il fe foumît à fon jugement,
il ne l'a pas fait. Il eft donc encore condamné par ce
Concile étranger qui lui eft favorable. Et quand il l'auroit
fait, que l'Evêque auroit prorogé le temps, de combien devoit être la prorogation ; & feroit-ce cette prorogation qui
auroit opéré la diffolution de fon mariage ? Non, felon plufieurs autres Auteurs, ce n'eft que le nouveau mariage qui
diffout l'ancien. C'eft ici le comble du ridicule. Ce nouveau mariage fuppofe le premier diffous, autrement c'eft
un adultere ; cependant c'eft lui-même qui le diffout. Oh !
cela eft révoltant. On voit les conféquences de s'élever contre la regle & de s'en écarter. C'eft où conduit tout fiftême
contraire aux principes, inconvéniens fans nombre, les feuls
principes certains les évitent. Ajoutez à ceux-là, que le
nouveau fyftême tend à renverfer l'ordre le plus ftable & le
plus folide de la fociété ; à laiffer veuve une femme du vivant
même de fon mari, à jetter dans la mifere, dans le deüil &
dans le défefpoir des enfans qui déplorent la perte d'un pere
chez qui de nouveaux feux confument les fentimens tendres
que la nature infpire, enfin à mettre le défordre dans l'Etat par

les citoyens à qui il enleve toute reſſource.

Un tel ſyſtême prendra-t-il jamais faveur en la Cour ? Lira-t-on dans ſes faſtes, parmi ſes oracles un Arrêt qui aura méconnu toutes les regles, foulé aux pieds les loix les plus ſaintes, mépriſé une tradition des plus reſpectables ? Quoi, les Scholaſtiques ne ſeront pas contens qu'on tolere leur avis, que des Evêques chez qui ils ont crédit les ſuivent, ils voudront ſceller les autorités de leurs nouveaux Auteurs du ſceau d'un Arrêt prononcé par le premier Parlement du Royaume ; Arrêt qu'ils pourroient citer avec d'autant plus de complaiſance, qu'il ſeroit rendu dans l'eſpece la plus défavorable, en faveur d'un Néophite qui, de ſon propre mouvement, de ſa propre autorité, ſans même avoir conſulté ſon Evêque, comme le Concile du Mexique lui ordonne, s'étoit préſenté, ainſi que tout homme libre l'eût pu faire à ſon Curé pour ſe remarier, en faveur d'un Néophite qui mépriſe les voies de douceur que ſes propres Caſuiſtes lui preſcrivent ; en un mot, qui a fait tout ce qu'il falloit pour aliéner l'eſprit de ſa femme, la révolter contre lui afin d'en prendre occaſion d'avancer qu'il eſt dans le cas de convoler à de nouvelles nôces, puiſqu'elle ne veut cohabiter. Non, le ſieur Dage ne craint rien de ſemblable d'un Tribunal dépoſitaire de l'autorité de ſon Souverain, dont toute la France reſpecte la lumiere.

Le ſieur Dage s'étendra-t-il après cela à réfuter les difficultés qu'on lui oppoſe ? il ſe bornera à quelques-unes.

1°. Levi prétend qu'on ne peut aſſujettir un Néophite abandonné à garder la continence, que ce ſeroit exiger de lui une entrepriſe ſupérieure à ſes forces.

A cette difficulté on répondra : Si ce Néophite ſe fût marié auſſi-tôt après ſon Baptême, faudroit-il introduire en ſa faveur une exception dans le cas où ſa femme ſeroit priſe par les infideles, ſi elle étoit hors de le ſuivre en ambaſſade, ſi elle tomboit dans un état de langueur, &c. ces cas & pluſieurs autres ſont détaillés par ſaint Auguſtin, en répondant à des Conjoints abandonnés qui font de pareilles plaintes. On trouve ce paſſage page 18 de ce Mémoire.

Et qu'on ne diſe pas que le mariage ſanctifié par le Sacrement eſt accompagné de graces plus fortes. Quelque certaine

que foit cette vérité , ce n'eft pas une raifon pour Levi d'imaginer une difpenfe que Dieu n'a pas autorifée.

2°. Mais, dit la Partie adverfe, j'ai pour mon fentiment
toute l'Efpagne, le Portugal, l'Italie, l'Allemagne & une
partie de la France.

La réponfe fera fimple. Si vous étiez dans les prétentions
des Ultramontains, vous auriez, felon l'Abbé de Fleuri
dans l'endroit que je vous ai cité, l'Efpagne, le Portugal,
l'Italie & les Pays-bas en votre faveur, & cela en conféquence du même Gratien & des Décrétales qui y ont tout
crédit. Mais il s'agit de la France : prouvez-moi qu'il y
ait en France une autorité décifive pour votre fentiment ?
Les Décrétales font des avis des Papes, mais elles ne font
pas loi en France. Il y a plus, les Théologiens François ne
les citent pas même, quand ils ont l'autorité de la tradition.
Vous citez un ufage ; mais il n'y a pas un fi grand nombre
d'exemples du cas dont il eft queftion pour l'invoquer. Van-
Efpen trouve le cas fi rare qu'il ne veut pas fe donner la
peine d'approfondir la queftion. Vous aurez l'ufage de quelques Diocèfes qui ont autrefois appartenu à l'Allemagne,
comme ceux de Metz, Verdun, Toul & Strafbourg. Cela fuffit-il pour faire une loi ? Ne fçavez-vous pas qu'en
fait de difcipline S. Auguftin diftingue celle qui a trait à la
morale de celle qui eft relative à un point de Doctrine ; que
la première peut varier. Ainfi l'Eglife a pu changer la forme
de la pénitence, & de publique la rendre particuliere ; mais
qu'à l'égard de celle qui a trait au dogme , comme il y a liberté de Difcipline particuliere jufqu'à décifion de l'Eglife
univerfelle fur le point dogmatique auquel elle a trait, on
ne peut dire qu'il y ait difcipline de l'Eglife fur celle-ci, tant que
l'Eglife n'a pas décidé le point fur lequel on prétend l'établir.
Jufqu'à cette décifion il n'y a point d'abus dans le jugement de
chaque Evêque. *Tamque judicari ab alio non poffit , quàm nec ipfe
poteft alterum judicare.* Si vous vous autorifez des rituels, on
vous répondra. Eft-il queftion des rits, des cérémonies des Sa-
cremens? c'eft une loi dans le Diocèfe quand toutefois le rituel
eft homologué en la Cour. S'agit-il de doctrine ou de difcipline relative à la doctrine ? un rituel ne peut pas faire loi ; il
n'y a que l'Eglife qui en puiffe faire une. Jufqu'à cette décifion chaque Evêque peut fuivre fon fentiment ; c'eft ce qu'a

fait M. de Soiſſons. Sa conduite eſt ſage & ne pourra qu'ê-
tre approuvée.

3°. Mais, ajoute-t-on, le rituel de Soiſſons obligeoit à accorder à Levi le mariage qu'il demande.

1°. Le rituel de Soiſſons ne preſcrit rien à cet égard. Il
rapporte le point de fait qui eſt qu'on marie un Infidele converti avec qui ſa femme ne veut cohabiter ; mais il ne ſe rend
pas garant du point de droit.

2°. Ces trois lignes qu'on y lit ne s'y trouveroient pas, ſi
ce rituel ne venoit d'un des Diocèſes dont on vient de parler. C'eſt celui de M. de Coaſlin, ancien Evêque de Metz,
fort beau & ſolide d'ailleurs : M. de Soiſſons ne l'a adopté
que parce qu'il eſt un des plus exacts du Royaume. S'il n'a
pas effacé, de cet ouvrage, les trois lignes qu'on oppoſe, on ne l'imputera pas à inexactitude de la part du
Prélat à qui elles ont échappé. Son zele & ſes lumieres
ſont connues. Le reſpect univerſel qu'il s'eſt attiré en ſont
de ſûrs garants. Au reſte ce n'eſt pas, comme on l'a dit, ſur
une diſcipline, comme celle-ci relative au dogme, qu'on pourroit invoquer une loi, une diſcipline, tant qu'il n'y a pas de
déciſion ſur le dogme auquel elle a rapport. Si jamais l'Egliſe
décide cette queſtion on peut être certain que ce ne ſera pas
pour contredire les Peres de l'Egliſe & la diſcipline reſpectable qu'ils ont obſervé.

4°. Enfin on fait effort pour perſuader à la Cour, qu'autoriſer en France le nouvel uſage ſur ce point, c'eſt raſſu-
rer les familles infideles & leur rendre plus doux le joug de
la Religion.

Le ſieur Dage avouera que c'eſt avec étonnement qu'il a
entendu débiter un pareil principe. La Religion ne ſe fait
reſpecter qu'autant qu'elle fait garder les conventions ; qu'elle
entretient les alliances, qu'elle aſſure la protection, le ſou-
tien & les biens aux familles. Condamner le nouveau ſyſtême, c'eſt mettre le calme & la paix dans l'Etat, appaiſer
les craintes qu'exciteroit, au milieu des Infideles, le refuge
que les Conjoints mécontens trouveroient, à la ruine de leurs
parens, de leurs femmes & de leurs enfans qui ont leur ſû-
reté dans la foi publique & la protection des loix.

Il eſt donc certain, on croit l'avoir démontré, que le refus
du ſieur Dage eſt régulier. Y perſiſter, c'eſt la conduite d'un

Curé ami de la regle, la Sentence qui confirme ce refus est des plus exactes, la Religion, les Loix, le respect dû aux conventions, tout se réunit pour lui servir de rempart & la mettre à couvert. La conduite de Levi au contraire est un scandale que la Cour ne peut trop se hâter de réprimer en confirmant une Sentence qui le rappelle à la regle & à ses devoirs.

Monsieur SEGUIER, *Avocat Général.*

Me SERIEUX, Avocat.

GAULIER, Procureur.

De l'Imprimerie de la Veuve LOTTIN, rue S. Jacques, à la Vérité, 1757.

www.ingramcontent.com/pod-product-compliance
Lightning Source LLC
Chambersburg PA
CBHW060820180626
46818CB00002B/887